东京百景

［日］又吉直树 著

毛丹青 译

上海译文出版社

写给中国读者的几句话

　　我十八岁的时候一心想当艺人，于是就开始了在东京的生活。所有的事情都乱糟糟的，穷途末路，过的日子也充满了不安与孤独。生活虽然是艰苦的，但东京的温柔与乐趣也让我有所体验，这是一座不可思议的城市，很吸引人。我一边回想写这本书时的情景，一边重读，甚觉这是给东京写的一封情书，但永远也得不到她的回眸。如果大家也能从这本书中得到乐趣，我将非常荣幸。

二〇一九年

写在前面

我最初住到东京是十八岁那年。

那时在我头脑中能展现的东京地图近乎白纸，地名需要自己填写，包括划线上色。同时，与如此淡薄的期待缠在一起的，是那看不到底的焦虑和不安。"为什么我偏偏要到这个地方来呢?"那种强烈的后悔情绪，奔袭而来。一个人独处的夜晚，连幽灵都会害怕。

我的生活主要以小剧场为中心，后来也开始写写文章。对此我完全是个外行，看来装老练其实是不顶用的，于是我下了决心，想什么写什么，直来直去。最开始的六年，连一分钱都挣不到。

在东京生活了大约十年的时候，我接到写新连载的工作，就此把东京印象逐一写入各式各样的风景，题目叫"东京百景"。在我大脑的哪个角落里似乎还记得太宰治的短篇《东京八景》。一旦下了决心写作，我似乎也变得意气风发了。这也想写，那也想写。以前头脑中一片空白的地图竟然被写满了无数的地名以及线路和杂记。

当我写完《东京百景》时，已经是三十二岁的中年人了。说青春年少，已未老先衰，但要说长成了大人，却又觉得不靠谱。凡值得骄傲的事情同时又让人害羞。

这里写的都是我的生活圈子里的事，风景是随之而来的，其中有不少偏向，成不了观光指南。然而，这就是我心目中的东京。在东京的遭遇是残酷的，无止境的残酷，但同时也是欢乐的，偶尔也很温柔。这种心血来潮降临的温柔虽不着调，却情深意重，并不令人生厌。

能出版这本书，我很幸运很高兴。再往下走，工作或许没了，家或许也没了，但写在这里的风景却不会杀死我。如果因此能与大家心有灵犀的话，那我就更高兴了。

又吉直树

二〇一三年

目录

Ⅲ

I

1

武藏野的夕阳

头一回去东京是在春天，见到一位上半身赤裸的老人坐在井之头公园的草地上。

我跟旁边的朋友逗乐："那人坐在那儿三十年都没挪窝。"这虽然是我说的谎，可朋友却当真了，问道："哦，那吃饭怎么办呢？"他这么一问，弄得我骑虎难下，只好再加上一句谎话："他不挪窝，不消耗能量，肚子是不会饿的。"朋友感慨道："他看上去脏兮兮的，却是一个了不起的人啊。""是啊，我也觉得他很了不起。"于是，我的谎话继续往上加了码。在夕阳西下时，赤裸的老人被我们当成了嘲弄的谈资。

几年之后，也许是之前的轻浮惹来的惩罚，我走过井之头公园时，被一个西装革履、骑着自行车的外国传教士叫住了。他跟我打过招呼之后突然说："我要救你。"

　　我只是出来散散步，难道周围看我的人都觉得我是个苦恼的男人吗？我诅咒自己的面孔，因为这副面孔被形容成了"死神"、"死尸"之类的。传教士语气强烈，很热情地跟我说："你不要勉强啊！"为什么我这个样子会令他惊异呢？虽然觉得传教士的神情有点儿令人生畏，但还是实话实说："我不信神。"同时，我的内心其实一直都在喊叫："神啊，你救救我吧。你救救我吧。"我敢断言这一瞬间，我比传教士还信神。背对着夕阳，我从传教士那里一路小跑，逃走了。

　　这件事还有后续。我的朋友走过井之头公园时，同样被外国传教士叫住了，他们谈了一会儿之后，外国传教士的表情变得沉重起来，他说："我没能救得了跟你长得很像的人。"传教士好像表示忏悔了。朋友经常被人说长得像我，所以他跟传教士说："那是又吉？昨天我见到他了。"这时，传教士用非常标准的日语说："哦，他还活着吗？"

在传教士的脑子里，似乎我已不在人世了。

每天去井之头公园散步变成了我的日常生活。有个男士正在吵架，打着手机质问对方："你在哪儿呀？"好像没弄明白约会地点一样。男士的表情像魔鬼一样，大喊："我不是跟你说了吗？我在池塘边上啊。"井之头公园的中间是个大池塘，周围都是池塘边，我觉得这两人永远也见不到了。

有一回，我一个人坐在井之头公园的板凳上。突然有位老婆婆一边说"好男人啊，坐边上行吗？"一边直接就坐下了。我问她："是散步吗？"可她没理睬我，眼睛紧紧盯着远处的池塘，然后说："小兄弟，你应该去当牛郎。"这话就像一个巨大的问号飘浮到了虚空。老婆婆说："你很像！"说老实话，她的话使我有点儿害怕，莫非我跟这位老婆婆过去的男人有点儿像？幼稚的伪善片刻之间掠过脑海，就算是一小会儿，让我变成老婆婆爱过的那个男人吧，如果能做到的话，老婆婆一定会很高兴。不过，我并没有做到。武藏野一到黄昏，所有的轮廓都变得模糊不清了。

我自感身体已在衰朽，人变老了。生怕老婆婆被惊着，我从板凳上站起身，悄悄走了。我怕有谁认出正弯着腰拼命奔跑的老朽男人就是我，于是把衣服脱掉，一头栽到草地上。没法子，连续好几天我都坐在那里。

　　这时，听到有位满口关西腔的青年说了一句："那人坐在那儿三十年都没挪窝。"原来岁月已经流逝。那位老婆婆每天黄昏好像都会来找年轻时跟我酷似的男子。有人见到我赤裸着上半身坐在草地上就说："我要救你。"说这话的人是外国传教士。

　　接下来的瞬间，我还是以原来的样子与老婆婆一起坐在板凳上。武藏野的夕阳一视同仁地照射着所有的人，苦恼、忧虑以及记忆全都融化到模糊不清的黄昏中。我想将这无比温柔的风景算作东京百景之一。

　　然而，今天却是一个阴天。

2

下北泽站前的喧哗

有一天晚上，我在下北泽车站前与作家 Sekishiro 见面时，忽然被谁搭上了肩膀。我吃了一惊，转眼看去，只见一个头上绑了一块头巾的鼠面小个子男子，直冲我而来。"都一样……同志。"

男子嘟囔着，挺讨厌的。我找不出跟这个男子之间的共同点，但毕竟是被人搭上了肩膀，假装不知道也不好，出于礼貌，不由得"啊?"了一声，男子说："看了就知道……你也用吧?"要是毒品的话，我可没用。为了尽量不刺激对方，我轻声说："那是什么?"

男子突然大叫："布鲁斯!"

好可怕，真的很恐怖。

他发出"布鲁斯"的叫声的时候，嘴唇噘得尖尖的，一副非要发出颤音不可的样子。我想尽快避开这个男子，哪怕早一秒钟也好，于是果断地回答："我不弹布鲁斯。"这一辈子也没想过自己会有说这句话的一天。

"看了就知道!"

男子不听我的回答，没办法，我只能不情愿地问他："你弹布鲁斯?"听罢，男子怒气冲冲地回答："你看了就知道。"边说边挽起 T 恤的袖口，露出两条胳膊。不过，这男子胳膊并不粗，也没有发达的肌肉，反倒是被太阳晒出来的黑白分界线让人触目难忘，这更显出男子的可怖。

他发觉了我满脸疑虑不解的神情，于是变得像小孩撒娇时那样，发出加重的语尾音说道："ta、twu、u①。"这世界上唯有天真无邪的大傻瓜才无畏呢! 我又看了一眼男子的胳膊，发现有一块刺青，活像料理教室里的一块桌布，根本不起眼。他是不是受到了什么惩罚才被别人刺

---

① "刺青"的日语读音。

　　　　　　　　　　　　　　　　　东京百景

的？或者是料理教室每课必上的模范毕业生？

男子凑近了我，继续说："你喜欢布鲁斯吧，听吉米·亨德里克斯吧？"男子看上去有点儿可怜，我回答："也不是不喜欢。"岂料这句话成为了错误之源。男子突然变得精神了，洋洋得意地说："要是喝茶的话，我可有时间哦。"

这事情怎么变成了这样呢？我只是在等作家 Sekishiro。而且跟男子说了我在等人，但他一步也不退让。

这时 Sekishiro 终于来了。他的头发梳成高高的飞机头，初次会面猛然见到这一发型往往会被镇住，我的朋友 Sekishiro 是靠得住的人，眼前出现了布鲁斯与朋克对峙的状况。Sekishiro 刚才已经看到了，误以为布鲁斯男子是我的朋友，所以躲到了后面，生怕被我介绍一个怪怪的男子。男子跟我勾肩搭背，我竟然让他认为我是他的朋友，造成这一印象，我该对母亲谢罪才行。

我跟 Sekishiro 一起走进了商店街，离开了这个男子。走了一会儿再回头瞧，看见了人头攒动中的那个小个子。接下来的瞬间，只见他直勾勾地也盯着我，大声喊叫："布鲁斯!"

这时，下北泽车站前的风景已经毫不含糊地脏污，闪着绝望的光芒，非常布鲁斯！

3

日比谷野外音乐堂的风景

　　去了东京逛街，还是老样子，真不知从何说起。

　　这是 Quruli 组合的著名歌曲《东京》开头的歌词。在到东京之前，我从收音机中听到这首歌曲就很喜欢，有一段时间变成了这个组合的粉丝。实际上，自从我到了东京，这首歌曲就以超强的震撼力直指我的内心。

　　到了东京之后，我有好几回都陷入了困境。比如没通过面试，不能打工，晚上被脸色不好的警察盘问，失眠后迎来无精打采的清晨。但无论何时，这首歌都温柔地抚慰我的不安和焦虑。

在我二十一岁时，因房东病逝，曾经被责令搬出高圆寺的木房子，据说这家的亲戚要把木房子拆掉，卖掉土地，以便平分钱财。

房东身体不佳时，就由附近一位开蔬菜店的店主帮着收房租，这位店主手里一边擦着生菜，一边说："房东活着的时候，这家人谁也没来照顾一下……"当时，我接到一位臭名昭著的律师寄来的信件，上面写的是："两个月之内请你搬出去。"我说没有搬家费，一时搬不了。结果又召来律师一个冰冷无情的电话，声称："那就让我们走法律程序吧。"

没过几天，法院就寄来了通知信件。上法院前，为了放松一下自己的心情，我一边绕着日比谷野外音乐堂散步，一边在聆听《东京》这首歌。

民事审判是在一个跟会议室差不多的地方进行的，法院的人到场后才开始。我第一回见到那个臭名昭著的律师，他说："我也会帮你找新居的。"这种话真让人觉得恶心。我告诉法院的人自己是如何被这个律师恶搞的。律师听到我的申诉，一边汗流浃背，一边又佯装出笑靥。

第二年，我去观摩了日比谷野外音乐堂举办的 Quruli 组合的演出。Quruli 虽然是一支摇滚乐队，但并不是光喊 "Yeah!""Rockroll!"，而是在曲子与曲子之间说："让我把松开的鞋带系一下。"那个系鞋带的身姿才是最棒的摇滚！看到这里观众们群情振奋，一个个都跳了起来，唯有我还在安静观赏。等到演出快结束时，我觉得"到时候了"，正要飞身跃起，肩膀却顶到身旁一个彪形大汉洋人的胳膊肘上，完全不能跳起来。Quruli 返场时，并没决定唱哪首歌，他们问观众："哪首好?"我想听《东京》，但没勇气喊，只能紧随在别人高喊"东京!"之后，使劲拍手，一个劲说："对! 对!"我还是老样子，很土气。

　　歌手岸田戴着眼镜，鞋带也系好了，唱哪首歌尽管还没定下来，但他能让大家稳定情绪，一起等待乐队商量，看这般光景，真是值得信赖的摇滚乐队。当然，大前提是他们的音乐超级好听，我知道即使不用刻意表现摇滚语言，只要有一种与精彩音乐共享的气氛，就能变成一支超级摇滚乐队。我也是这样，即使有人跟我说"你该这么办"，如果不能让我充分信赖的话，我是不会办的。我只按照自己信得过的办法去做。

　　过了几年之后，我站在日比谷野外音乐堂，为的是段子锦标赛。我以为预赛会被淘汰，但运气好，居然胜出了，再继续下去段子又不够了。在后台我使劲想，想到"过去来过这里的法院"，"Quruli真棒"，我的情绪似乎飘浮在意识的表面之上。当我清醒时，才发现自己正在舞台的中央摇晃着身体，喃喃自语："我的思想对国家不利。"唉！还是老样子，不知所云。

4

三鹰下连雀二丁目的木房子

后来才知道，我刚到东京住的第一个木房子曾是太宰治过去住的地方。我连这个都不知道，竟然在太宰治写作的地方大量阅读了太宰治的作品。现在想起来，真是一个不可思议的体验。在这个房间里，我有过要把太宰治的文章装进肚子里的冲动，而实际上，我把新潮文库撕了，真的吃了。纸张的味道卡在喉咙里，一口吞不下去。我不知道书是不可以吃的。

从那之后，大约过了十二年，遇见了木房子的邻居老夫妇。他们记得我，挺高兴的。战争期间，太宰一家人曾经跟这对老夫妇的祖父们一起躲进过防空洞。

5

东乡神社

到涩谷和原宿买东西累了之后，为了避开世上的嘈杂，去了东乡神社。一走进神社境内，那种静寂无声的境界一下就让人排除了杂念，闹糟糟的心绪顿时安静下来。不过，有一些无法过滤的烦恼，池塘里的乌龟会听我诉说。

我：店员劝我买了一件西服，非常贵，也不知为什么那么贵。

乌龟：一定很合身。

我：买了这个之后，我为什么不后悔呢。为了让

店员知道我有钱、富裕？无所谓，于是连收银台旁边
摆放的用不着的围巾也全买了下来。

　　乌龟：用得着啊。别沾灰，放到衣柜里去。

　　我：谢谢。

　　乌龟：嗯。

　　我：肚子饿了。

　　乌龟：我很臭，你吃不了。

　　我：你不是候选。

　　乌龟：……

　　我想象了一下自己也吃过池塘里的乌龟，顿时觉得想
呕吐。

　　我：哦……哦……

乌龟看我想吐了好几回。

　　　　　　　　　　　　　　　　　　　　东京百景

乌龟：真不好意思。

　　我：这是我不好。哦，真奇怪。……哦。我并不讨厌你啊。

　　乌龟：嗯。

　　我：我反倒挺喜欢你的，但从没想过要吃了你。

　　乌龟：当然，不是生吃，是需要烹饪的。

　　我：不行！不行！不行！不行！不行！不行！

　　这时，我跟路过的神主打了个照面，他的表情很明显，分明是在问："你怎么跟乌龟说话呀？"他让打工的巫女帮忙，从宝殿里拿出一张覆盖东京的"夜"布，四个人搬运。神主一个劲儿说："不拿住布的角不行！"

　　还是回到乌龟，也不知何时，它脑袋伸到了桥的栏杆上，那表情似乎是说："靠近了看，很好吃吧。"

　　我：我要回去了。

　　乌龟：是吗？那件西服也许用不上。

　　我：你是不是不高兴了？

乌龟：没有呀。

　　乌龟往后退下，直接跳进了池塘，再也没出来。我去了趟东乡神社的厕所，看见了一个堪称日本最傻的涂鸦。"排行榜上的大腕会反刍！"这个不折不扣，纯粹是太土气了。在那个连牛都没空吹的年代，东乡平八郎击退了波罗的海舰队，如今被祭奠于此，但就在此地犹如谎言一样，以平凡的语言嘲笑平凡的涂鸦实在太滑稽可笑了。我听见神社那边传来了神主喊出的"一、二！"的声音。

　　与东乡神社非现实的风景相对照，涂鸦的低俗就是东京本身。往外走出一步，夜布已遮住了半空。

6

三鹰禅林寺

到了东京，第一个住处在三鹰。搬家的当天，把行李放到房间后，随便到周围转了转。我看见白墙上樱花开了，于是，径直向那个方向走去，岂料走到近处一看，有一个坟墓，默默合掌后就往回走了。此行，偶然见到这里的太宰治墓地，所在地就是禅林寺。

每年到了太宰治的生日六月十九日，这里会举办樱桃忌。不仅是为了樱桃忌，只要有时间，我每年都是会来扫墓的，会来好几回。

7

山王日枝神社

我们上的 NSC（吉本综合艺能学院）东京校在溜池山王，那里有我很多的苦涩的回忆。

在 NSC 开学典礼的那天，小教室里坐满了红发、金发还有爆炸头和小脏辫的年轻人，大家都争相挥发着自我表现欲，目标都是要登上搞笑的顶峰。在如此众多的变态人群中，像我这么普普通通的人是不可能比别人更醒目的，一种强烈的呕吐感袭上心头。这时，一位教务人员从四百多人的人群中指着我，并且笑着说："我说，这家伙太危险了吧！"其他教务人员也说："是啊。他是不是杀人犯呀？"他们看着我笑。的确，也就是在几秒钟前，我还想能出类拔萃，但并不希望以这种方式受到关注。当天的晚上，我在笔记上写下了"第一天完了！"。

上 NSC 是痛苦的。很多人就像表扬别人一样相互说"你怪怪的"，这让人觉得很别扭。我不懂为什么怪怪的反倒值得表扬，对我来说，所谓的个性，应该是把多余的部分和妨碍别人的部分隐藏起来，并加以调节，拿出一小部分，而不是无中生有。看下周围，全是一群锋芒毕露、硬是要把个性争相张扬的人，对此我觉得恶心。

所以，我只跟过去认识的人来往。别人找我，我也不理，一个人一直在读书。这样的日子过了一段之后，跟我同期入学的傻瓜说："有时跟又吉一样，有的人也想显摆什么世界观。"这话吓了我一跳。也许是因为对周围过度戒备，不知不觉中，我的一言一行反倒比谁都突出了。原来傻瓜就是我！如此一想，今后怎么活呢？我弄不明白了。

NSC 的教室排练一直持续到深夜。有一回，我实在太累了，睡在了楼梯上，一直睡到第二天清晨，结果被人误以为是流浪汉，报告了警察。据说，这件事后来变成了

NSC 搬家的一大理由。

我对 NSC 没有留下任何好感，但有学到手的东西，这就是平易近人之难！一个想贯彻自我的人一定要有勇气抛弃廉耻。如果还要自以为是，那真不如去死。我们只能做我们喜欢做的事情，仅此而已。无论做什么，痛苦都会伴随我们，有的人会让我们觉得以后很好。春天有很多同级生，夏天一结束，减员过半。等到毕业时，学生只剩下了一成。

溜池山王唯一让我喜欢的地方是山王日枝神社。只要一有空儿，或者在排练的间隙，我都会走到神社的境内读书，其中有很大乐趣。神社供奉的大神叫"大山咋神"，一个往大山上钉木桩的神，一个拥有大山的神。不过，只要在一座大山的面前，我至今都会犯恶心。

8

舞浜之舞

记得在十几岁的时候，姐姐带我到东京游玩，我们去了舞浜，那里有迪士尼乐园。我喜欢查地名的起源，猜想"舞浜"这名称的意义，也许是古代的人们祈愿捕鱼满载归来，在海边翩翩起舞以敬奉海神的仪式。

打鱼丰收为村子带来了繁荣，同时也带来了文明，敬奉海神的舞蹈发展成了娱乐艺术，这是土地的力量，还是被人类的遗传因子所编排的记忆呢？反正，我觉得迪士尼乐园诞生于此是必然的。

不过，实际上，我还是查了源头的，发现"舞浜"取自于迈阿密的迪士尼乐园。这让我先知道了，大好。省得我自说自醉，在时髦的酒吧里跟别人侃侃而谈自己的见解。姐姐带我坐过山车，我害怕，不敢坐，跟她好久都没斗气了，但这次为过山车吵了架。

9

沼袋站前商店街的对面

他们这些人总是大声跟我说："不是啊，这是原创。""什么地方是原创？你只是个变态！""没有河童，这儿也没有大沼泽地。"他们住的木房子就在沼袋，对那里，我也会吐嘈："沼袋，不就是池袋的山寨吗？""沼袋是东京最猥琐的地名吧。""河童在沼袋拿不到居民证。"

跟我一起到东京吉本培训班的组合是大阪出身的"轮胎战队"，我们同岁。他们曾经获得过高中漫才比赛的奖项，跟我们相比，可算是超级精英了。在全国尽显才华的人居然跟我们同期竞争，一种绝望与自卑感不由得直线上升，我们恐怕是没有希望了。

当然，还有一个方法就是假装不知道，无视他们的存在，但这个我做不到。他们是我家乡的朋友的朋友的朋友。说老实话，家乡的朋友的朋友的朋友，其实就是陌生人，但在东京没朋友，总觉得不踏实，所以跟他们慢慢地也就成了朋友。

组合"轮胎战队"，这名字很难听，叫人不舒服，但成员阿哲和阿大都是善解人意的好伙伴。快活，不耍大牌，对待我就跟好友一样。

我们经常在一起玩，租过车，事先都没打招呼就帮朋友搬了家。那时，我总过不了面试的难关，阿哲为我担心，让我跟他一起到摄影棚打工，做接待处的工作。这个工是他擅自找的我，工钱只有一份，他分一半给我。我只是坐在阿哲的后面，为此甚感过意不去，于是就写了一首诗，供阿哲阅览。我不是山下清，诗的价值等于零。阿哲跟女孩子约会时，我偷偷地跟踪他，不让他察觉，后来被他发现了，阿哲因而大怒，差点儿打了我。

培训班比想象的更为严格，很多学生都退学了。有一天，我跟阿大走在沼袋的街上，他问我："寿司店的主人不问你，就拿给你做好的寿司，你最不爱吃的是什么材料①?"我问他："这是猜谜吗?"阿大说："压轴戏。"

我没演过压轴戏，但阿大是艺人，这是一条绝对无法逃避的道路。我这么跟他说了，同时也冷不丁地说了"好可怕"。他问我："这要是你，怎么回答?"我答："& Garfunkel。"② 阿大抬头看暮色的天空，说了一句"原来如此"之后，马上问我："这什么意思?"我答道："不知道。"

阿大说："真行……原来我就隐约觉得，你了不起!"我好像是被嘲笑了一番，但阿大却是认真的。他说："你把 Simon & Garfunkel 的 Simon 抛开，只说 & Garfunkel，然后让 Simon 跟 Salmon 谐音，对不?"

其实，我根本就没那么想，这只是阿大想多了而已，我觉得挺害羞的。阿大跟我说："像你这样的伙计才能成为艺人。"说完后，阿大就再也没来 NSC。

---

① 此处原文"ネタ"，既表示寿司所需的鱼片，也表示漫才所需的笑料，双关语。
② 源于美国歌手两人组合的名字 Simon & Garfunkel。

沼袋站前商店街的对面

后来，我跟他们两人还有来往。那天我在沼袋的木房子里，他们因为一点儿小事吵架，最后还动了手，打成了一团。我正在为阿哲写诗，当时并没有反应过来。

打架打完后，阿大质问我："你干吗不劝架啊？"阿哲也说："正常人不都加进来劝架吗？我一开始以为你是会劝架的……"两人都笑了，这真使我害臊，觉得无地自容。说真的，这挺可怕的。后来，沼袋的木房子解除了租赁合同，阿大返回了大阪。

十五年已过，对我来说，沼袋是他们的街道，一直到今天也不觉得我当时的回答"& Garfunkel"有什么好笑，反倒是阿大抽取出的"家"这个回答让我喜欢。穿过沼袋的商店街，就是他们的木房子。

10

芝大门尾崎红叶诞生地

在我大约二十岁的时候，雨后决死队的单场演出在港区 ABC 会馆的大厅举行了，作为艺人刚出道的我，很高兴能到现场观摩。说是"观摩"，并不是从观众席上观看，而是在舞台换布景以及换服装时，我一边上去帮忙，还要一边看演出。前辈们能让全场观众爆笑，真是了不起！可我，只要想象一下当众抖包袱，就浑身发颤、害怕。我不是一个想引人注目的人，不配当艺人，但我喜欢，这话说起来也郁闷。

走在回家的路上，我闷得慌，遂寻找起尾崎红叶的旧居。途中，遇到了警察的盘问。找到了红叶的旧居，只有一处写明了来历，回来时第二次被警察盘问。据说，这附近刚刚出了事儿，我还是觉得自己不适合当艺人。天黑了，幽暗一直伸到前方。

11

久我山稻荷神社

二十五岁之前，我住在三鹰台，经常走到久我山。有一回走在神田川河岸时，看见一个年轻的女子把脸靠近地面，紧皱眉头。从远处看，好像正跟地球吵架一样。我走近细看，才知道她正在找东西。她很漂亮，尽管我怕她怀疑我有贼心，也许会鄙视我，但还是拿出勇气问了一句："丢了什么东西吗？"她回答："我。"难道是她把自己给丢了？可接下来，她说："是隐形眼镜丢了。"我跟她一起找了找，但没找到。她为了感谢我跟她一起找，给我买了罐冰咖啡，在神社里喝了。狐狸①的一只眼睛在夏天的阳光下发出了奇妙的光芒。我们说好"回头在这儿再见吧"，然后就告别了。后来，我再也没见到她。

---

① 狐狸是稻荷神的使者，所以稻荷神社门口会有狐狸的雕像。

12

步行在原宿的表情

我曾以为东京就是原宿。十几岁时被一种强迫症驱使，我在竹下通的便利店一边心惊胆战，一边开始打工。这是年轻人以身试水，拼死也要表现自我的地方，而这些年轻人大都是从外地来的。这条街让人感到有过剩的意识戳向皮肤，使人痛得发麻。对原宿，我既憧憬又恐惧，至今也未改变，从这点说，我永远是个乡下人。

这条街集中了众多时尚青年，引爆了无限张扬的个性。有的男子穿得像乱了心的宇宙人，有的女子穿越了战国时代，打扮成了巴黎女子。大家在擦肩而过的瞬间，相互打量，这种打量往往要从头瞅到脚。这对双方有参考价值吗？看上去，感觉是飘忽的，实际上并非如此，但是大家都认认真真，原宿真有点儿可怕！

我也下过决心去原宿买西装。以前遇到过老夸我的店员，有点儿犯怵。当然，我是在确认了店员不在之后，才进到了店里，可当我挑衣服时，身后肯定会听到熟悉的声音。

"这是哪位帅哥啊，原来是小哥呀。"

店员来了，我浑身痒痒的。听到这句客套话，我脸红了，一心想从店员接待中逃走，急忙躲进了试衣间。这时，从试衣间外面传来"怎么样啊"，还是那个店员在问，我不理他，心里在说拜托了，你快到别处去吧。可他撒娇说："让我看看嘛！"真烦人。我没办法，只好穿着衣服出来，店员大声说："不会吧！这么会穿，绝对一流的时髦啊！"我心里说，你才不会吧，你分明是在说谎。别的客人止步看我，这个店员是不是恨我呢？是不是我的祖先嘲笑了他祖先的西装，由此结下这个因缘吧。我喜欢原宿，可原宿好像并不喜欢我。

好久没去原宿了，有一天，我去购物，走过竹下通时，被一个黑人店员叫住了。他们招呼"嗨，兄弟"，强行和你击掌，显得像熟人，然后把你带到店里。我来原宿的时间也算长的，所以不会输给谁，跟我们看外国人看不出年龄一样，他们看我也看不出年龄。这个完全可以用上，我理直气壮地说："现在要去上学……"说完谎，我就跑了。小时候总被别人说长得老，但如果说自己是"学生"，他们看得出来吗？我跟原宿也能抗争一把，平起平坐了。我已经准备离开那里，悠悠然，信步而去。可这时，黑人店员从身后说："可是今天是星期天，孩儿他爹!"他说对了，弄得我满脸通红。的确，星期天学校都休息，还有，"孩儿他爹"这句话。看来，我也不年轻了。这一点已经超越国境，谁都看得出来。可是，孩儿他爹是不会买这种松松垮垮的衣服的。

已经好久不见了，跟便利店的店长打个招呼吧。不，不对。我的记忆复苏了，很鲜明。看过我简历的店长说："我，特别喜欢搞笑的。"面试从这句胜券在握的正面评价开始，却以我的全面落败告终。从那之后，我一直输给原宿。

走过原宿的面孔。面孔。面孔。只有在这条街上才能见到自我意识与紧张交织的表情直到今天还在与原宿格斗。我期望，这个世界不要欺骗年轻人。别把他们当食物吞掉。

13

国立竞技场的狂热

我去国立竞技场看过几回足球赛。最早看的足球赛是日本国家代表队的友谊赛，中田英寿踢得非常好。

只要中田选手一得到球，整个球场就会沸腾，一旦踢出好球，全场就会欢声雷动。也许是因为竞技场上情绪高涨，回到家后我还无法控制想要跑步的冲动，拔腿就跑出了家门。自己也不知道到底想干吗，但就是想干点儿什么。我跑了两天，跑到第三天时累了，跑腻了，不再跑了。

14

台场的夜空

佩里的黑船袭来曾经迫使日本开国。幕府震惊，为了应对下回的来袭，建造了炮台。据说，这就是"台场"之名的由来。在当年如此紧要的关头兴建的场地，现在却变成了一家人和情侣们的休闲之地。建造此地的人为了国防拼出了性命，见到如今这里变成娱乐场地，心情一定是复杂的吧。

话虽然这么说，但在台场，我也有过一个焦虑的夜晚。十多年前，我跟朋友为了看东京湾烟火盛会一起去了横滨。朋友和我都喜欢看烟火，一直非常期待。"烟火大会不是在台场吗？"听我这么一说，朋友说："去年在横滨看到了。"可是，到了横滨才发现人很少，到了点儿也没见烟火升起来。这跟我担心的一样，横滨没放烟火，后来才知道当时的主会场不是台场，而是晴海。不管怎样，我忘不了当时朋友跟我致歉的表情。

为了给朋友鼓劲，我约他上了摩天轮，用手指着远方的小小烟火说："这不是能看见吗？多漂亮啊！"他看着听不到声响的小小烟火，很感动，而且十分夸张地频频点头。我找补得有点儿吃力："从远处看，烟火真大。近处看，反而小，这才是观赏烟火的正道。"虽然不是任何人的错，但只要活在这个世上，就会发生这样阴差阳错的事。

那天夜晚，晴海上空的烟火犹如大炮开炮一样，震耳欲聋，声音一直传到了台场，那也该使建造炮台的亡灵满意了吧。

15

仰望东京都厅

在新宿 Lumine 新开了剧场后，我跟中学的同级生成立了一个组合。在新宿找个排练段子的地方都很费力，在这地方让人看见会害臊的，要是换到住宅区的话，声音大了又怕影响别人。不过，龟缩在某个角落的话，别人还会以为我们是一对同性恋正在幽会哩。

我们经常去的是东京都厅前面的小广场，这里离剧场还有一段距离。谜一样的空间里摆放着谜一样的铜像。其中有一尊是一名女子手捧和平鸽，头上有一块真鸽子拉的屎，犹如被心爱的鸽子彻底背弃了一样。这一景观猛然使我觉得全世界似乎都是这样。

都厅骄傲地俯视着我们。两幢大楼看上去就跟巨大的漫才师一样，仿佛要把我压倒，我的心里不由得泛起无底洞似的不安。

16

田无塔

我们到底往哪儿去？

有一个后辈一边开车，一边认真地跟我说："我太变态了，真不知该怎么好。"我坐在他旁边的副驾席上。车窗外有个庞大的不明物体闪闪发光。

我问："那是什么？"后辈说："那是田无塔，很性感吧。"我不知道他是什么意思。

我只觉得田无塔正在哭。当时是冬天。

17

吉祥寺的口琴小街

深夜。

口琴小街收缩了，其他的都在膨胀。

我往口琴小街的方向走，向前走，似乎怎么也走不到。

然而，接下来的瞬间，我却坐到了口琴小街一家居酒屋的座位上。

旁边的客人破口大骂，骂声很大。骑过荻洼的自行车发出了温柔的响声。

再见！我过去的朋友！

18

吉祥寺古老的木房子

　　木房子的前面至今还有一块写着"防火用水"的石头，院子里还有一口枯井和生锈的水泵。没有澡堂，厕所与自来水都是共用的，楼梯与过道看上去就跟达利的画一样，全是斜的。带我去看木房子的年轻房产中介就跟不是房产中介一样，开始诅咒："这儿年轻人住不了。""普通人不住这儿。"

　　我一说"我决定住这儿了"，他毫不客气，面露惊异："哦……真的吗?"又说："反正，这儿又不会出现幽灵。"他的话就此打住，还算好。我喜欢老的木房子，房产中介所说的负面因素对我来说，反倒具有魅力。

跟房产中介签约时，我被告知"别跟其他居民多瓜葛"。这是个忠告吧。关于这一点，我起先半信半疑，等到了搬家那天，从走廊往其他房间看了下，发现有一张纸条贴在墙上，上面写的是"瞄准目标！征服世界！"。原来如此，我还是别跟他们有瓜葛吧。房间里没有空调，夏天热得活像蒸桑拿，我想读书时，就去车站前的便利店，在那儿度过的时间比较多。店里有个常客，人称"Please"，据说是因为他买咖啡时发出低音，"Coffee，Please"音同一头老牛。

　　有一天，我用木房子的共用自来水洗头，察觉身旁动静不小。这儿有个不成文的规定，当谁正在用自来水时，一般都不去打扰，因此，这时我的心跳已经加速了。

　　我抓紧时间把香波冲掉，往旁边一看，竟然是那位"Please"正在转圈儿削一根白萝卜。他干吗非要旋转去皮呢？我想了很多，没等我想明白，他低声说："很爽吧，因为水是凉的。"这太可怕了。我敷衍了下，急忙要返回自己的房间，这时他说："我学过心理学，一看对方就知道其职业……我猜一下你的职业，好吗？"我虽然觉得可怕，但又不能临阵逃避，只好轻轻点头。Please 的表情充满了信心，他说："是做陶艺的吧。"这完全不对。我一否定，他又说："那就是做花艺师的吧。"这个也被我否定了，Please 说："真行，因为你穿的是和服。"这个跟心理学完全没关系。不工作时，我喜欢穿和服过日子，有这种穿衣嗜好的我对此大概多少要负点责任。

另外，木房子里还住了一群怪物，出没于吉祥寺周围。有的人深夜听古典音乐，声音超大，自称旅行者。有一位布鲁斯歌手以"喵喵"的猫叫声唱猫的歌。还有个男子一边走路一边念佛经。不过，他们看我晚上穿着和服行走，也许觉得我是一个变态男。

有人走过木房子前，经常听见过路人说："这儿多酷啊。"真酷！因为是治愈怪人们的栖息地啊。

19

朝日电视台的旧址

二十岁时曾经打过实名制的短工，有一回干过操控电视音乐直播装置的工作。这份工作一般都是那些工龄长的人干，因为人手不够，我才被叫去的。一到现场，领班人就问我："行吗，小鬼？"叫我小鬼？我已经二十岁了呀。这么叫我能感到前辈们异常的热情。十多个男子汉推送着给每个歌手定制的装置，有时还要调换，这让人联想到抬神车的节日。

我第一回见到 Tamori[①] 本人，一位把能量集于一身的大神本尊。唱完歌的相川七濑与伴舞击掌庆祝的场面令人目眩。她唱的是 The Yellow Monkey 的《玫瑰色的日子》。

归途中，也许是看到了繁华的世界，我走过六本木时感觉就像被东京踩得体无完肤一样。

"不管怎么追、怎么追，就像逃走的月亮一样，玫瑰色的日子从指间穿过……"这首歌一直回荡在我的脑海中。

---

① 森田一义，日本搞笑艺人、广播电视节目主持人、演员、歌手、作词作曲人。

20

厕　　所

厕所里有一张贴条写着："卫生纸用多了，马桶会堵，带来不便。"这里的"不便"既可以解释成"不便利"，也可以解释成"拉不出来"。我估计写这张贴条的人并没想如此风趣，但碰巧变成了这样。

厕所是不净之地，是冲走污物之处。餐聚饮酒时，找不到自己所在的地方，躲到厕所里，在单间里休息一下，心情会好一些。自说自话"我没醉"，脸部用力，做出认真的表情，哪怕就地坐下，也能把浑身被压抑的感觉释放出去，赢得一种安静的解放。这种姿态酷似祈祷。

21

"新并木桥"入口处

我是一九九九年到东京的，那个时代还有一个代官山幻想。这条街上有时装店和古着①店，还有咖啡店，电视节目和杂志都说代官山是时尚城市的象征。跟到处都是年轻人的涩谷与原宿不一样，这里气氛安静，连路人的表情都是沉着而大度的，这种气氛让我走路时都觉得有些战战兢兢，感觉自己十分弱小。

花了半天时间走遍涩谷和原宿，一到夕阳西下时，路人如潮涌，我被喧嚣挤出街头，往明治大道走去。这是一个绝妙的距离，眼前有一个貌似入口处的新并木桥，看上去完全是一个入口处。整个风景就像暗藏了百万路标正在呼喊"从这儿往右拐"一样。上了坡之后，道路的两边缓缓出现了时装店。

那时的代官山刮的风都是特异的，带有异国的情调。我的身子站得直直的，旁边有姐弟俩走来。姐姐拉着弟弟的手，弟弟的嘴边粘着奶油。跟我往同一个方向走的姐弟好像把我看成了可疑的人，为了让他们放心，我告诉他们嘴边好像粘上了什么东西。姐姐一听，当即回答："嗯。那是提拉米苏。"姐姐听到嘴边粘上了什么似乎挺吃惊，而我对她回答时髦的"提拉米苏"反而更吃惊了，这让我深切体会到我正置身代官山。

关于并木桥，还有一个印象很深的记忆。我二十岁的时候，开始有了上剧场表演的一些机会。有一天，走出剧场，我被三个穿学校制服的女孩子叫住了，她们好像看了我的演出。"又吉，你去代官山吗?""我去的。"

我们的对话仅此而已。可是，次日，学生们的话就

---

① 古着，由日本流行开来，指代具有历史及故事的衣物，而非单纯二手的定义，它们可以是二手的，也可以是已经停产的全新单品。一般来说，古着服饰，从诞生到今天必须至少有二十年的历史。

像是个诅咒，并且渗透了我的全身一样，不知不觉中，我竟然跨过并木桥直冲代官山走去。到了代官山，也没有什么特别要买的，我转了几家古着店，当时的代官山确实有很多古着店。逛了一圈后打算回家，正要上并木桥时，看见路对面走上来了三个女孩子，她们是在剧场外跟我打招呼的那三个，似乎就是"诅咒"我的那三个。

她们三人一直在笑，欢天喜地。当我看到这非常阳光的场景时，也不知为何，我退缩了，那种感觉接近于羞耻。我背对着她们，躲起来了。

这让我觉得滑稽，甚至很荒唐。我明白了，无意之中，我是勉强自己挺直了背来代官山的。

又过了几天，走出剧场，那三个女孩子跟我说："又吉，上回……你去了代官山。"我被她们看见了。不用说，我的后背肯定是弯的。每回跨过并木桥时，我都想起这些，自我安抚着隐藏于感情深处的羞耻感。我想若无其事地过日子，但实际上，是羞羞答答地活着。

最近，代官山的古着店少了，童装店多了，多得不正常。当年去代官山的人现在都当上了父母。边走边找古着店的人，也就剩下我一个了。

22

一九九九年，立川站北口的风景

我的东京是从哪里开始的呢？

十八岁那年的春天，高中毕业后就到了东京，住在了三鹰，我当时并没想到要在东京生活下去，只是做梦都想表演漫才，连一点儿明确的计划都没有。我没那么聪明，也没打算把东京当成自己活动的据点。然而，东京虽然没请我来，我却不知羞耻地来到了这座城市。

家里人和朋友一定觉得我很唐突，但我内心感到的是不可抗拒的溪流的导向。这事不漂亮，就跟不让周围看见自己在小便一样，不可大声声张。

我上的高中是体育生汇聚的男校，几乎每年都参加全国性体育运动会。大家总是群情激昂，让人觉得是不是所有人都患了什么疾病。夏天，大家上课只穿一条裤衩，上体育课时，老师一发出号令："站成体操队形！"学生们就从校园的四面八方跑来，一个个列队站开。这时老师会大喊："站得太开了！回原位！"听罢，学生们一下子聚拢来，挤在一起，老师又会说："退得太多啦！"

我属于足球俱乐部，每天下课后都到操场训练，挑战自己肉体与精神的极限，第二天还要再突破，迫使自己向前再向前。

高中的生活让我切身体会到人的本性就是被逼到走投无路时才会奋发图强。人只要有了余力，对谁都会好，而这个好是给予的好，令人愉悦快乐。不过，当我们没有精力他顾时，别人的事情也就管不了了。环境既然如此，一个好人也会被逼得走投无路，但又害怕好人豹变后对自己露出爪牙，经过考虑后所得到的结论是这样的：如果不接受别人的好，也就不会遭遇别人的背叛。

简单地说，我决定跟谁也不说，不喜欢好事与坏事的落差可能引发的情绪摆动，在无波动无变化的寂寥中生活，才符合我的个性。

有一个男生妨碍了我接触外界的方式，专事挑剔、干涉我。上课时，一直默默观察我，休息时还不时找我说话，这真是一个奇怪的家伙。他跟我说："一起去音乐教室吧。"我说："我还有别的事要做，你先去吧。"尽管想从他那里逃离，他却纠缠我不放，还说："其实你是很寂寞的。"

我没辙，只好跟他一起去了音乐教室，走在过道时，他突然撒开脚丫子跑了起来，从拐角处消失了。等我走到拐角处，发现他睁着眼睛，横躺在地上不动，像一具死尸。我没停步，也没说话，跨过他继续往前走。这时从身后传来扮演死尸的他的声音："你不说点儿什么吗？"我没理他，继续往前走，结果他从身后追上来说："你为什么不笑？"我说："我知道你要做什么。"他说："你，简直就是个怪人。"我真不愿意让他这么说我。

总体上说，与这种类型的人相处还是比较棘手的，可也不知为什么，竟然也成为了好朋友。我看上他是因为同属一个足球俱乐部，彼此又是邻居，上下学也经常坐同一辆电车。

有一天，我们俩从学校沿着淀川堤坝骑了一辆破自行车，走到半路下雨了。两人被淋得透湿，面对面大笑，躲进路旁的小亭子，居然没有房顶。我们也管不上裤腿会不会湿了，索性就坐到草地上。

他问我："又吉将来想做什么？"我一直就想当艺人，在上高中时这一心愿可对谁都没说，不过，对他还是可以表白的，这也许是一种青春期冲动的诱惑吧。我跟他说："说出来跟傻瓜一样，你不会嘲笑我吧？"他一副认真的表情跟我说："不会，没人笑的。"

我有点儿紧张，脱口而出："我啊，想当一个艺人。"听罢，他铿锵有力地跟我说："如果是又吉的话，那绝对行。"

听他这样说真开心啊！我反问一句："那你呢？"他这样鼓励，我可不能嘲笑他的梦想。我说："我绝对不笑，你就告诉我吧。"他大吸了一口气，使劲张大着眼睛，直勾勾看着淀川，然后说："我想住大阪城。"我笑了，他真是个傻瓜，我真后悔跟这么个傻瓜大谈梦想。他发火了：

"你不是说好不笑的吗?"其实,想抱怨的应该是我。

从这儿开始,自行车换成我骑了。趁着雨还没下,我加劲骑,结果还是赶不上比我们走得快的乌云,又被淋成了落汤鸡。我第一次看见了天空有雨与没雨的分界线,追雨追得荒诞无稽,令人发笑,我骑车时左时右蛇行,一直骑回了家。

秋天到了文化祭。每个班级必须搭出咖啡店和鬼屋什么的,我们班在教室里搭起了简易舞台,演出搞笑小品。我是反对这个方案的,但大家都赞成。千叮咛万嘱咐地对他说:"你可别跟任何人说我的梦想噢!"他一边给我使眼神,一边大声说:"又吉会想出段子的,没事!"尽管他这是为我好,但对我来说,纯属是招麻烦了。

文化祭之前,我必须写出段子。在舞台上短短三十分钟,包括演出在内,都由我负责,这下可糟糕了。不过,实际想一想都有乐儿。我想了很多漫才、小品和迷你小品,还有一群人表演的小品。最后让大家一起跳 The Blue Hearts 的 *Linda Linda*。

到了文化祭的当天,歌曲放的是 *Linda Linda*,舞台上同班同学们群魔乱舞似的，洋溢着男子汉气概，光彩照人，乃至于让人无法直视。一想到我要上台跳 *Linda Linda*，也不知为何，顿觉害臊。大家都跳得非常有型，有板有眼，只要我一跳，肯定会被大伙儿高声嘲弄："你跳得不对。"

一年之后，到了高二的文化祭，尝到甜头的同班同学说要表演搞笑小品，我推辞说每天还有足球俱乐部的训练，真没时间，但大家一再劝我"写出段子就行"，就这样，我几乎在半受伤状态中答应了下来。他跟我说："我也跟你一起想想吧。"这才让我有了底气。实际上，我最怕的是跟大家无法一起跳 *Linda Linda*，因为我根本不会跳。

也许是因为我想这想那，想得过多的缘故，跟他吵架了。直接的原因是他说了"帮忙"，但拿出的方案只有"放屁"一个。而且，他跟我都不商量就退出了足球俱乐部，这让我觉得孤单。对我来说，虽说写段子是一件愉快的事，实际上，这也是一个令人焦躁不安的事哩。

文化祭的当天，我因参加足球比赛，没能去成。据说，比一年以前热闹多了，我能想象出大家一起跳 *Linda Linda* 的样子。

到了三年级，我跟他还没和好就分到其他班级了。他为了考大学上了强化班，夏天之后，在学校就再也见不到他了。不多久，有人传言说他要退学。他是个傻瓜，又好面子，表面看上去似乎不在乎学校有什么，但心里一定很苦。我一定要去劝劝他。

我去了教师办公室，问了他的班主任如何才能让他毕业，班主任给了我一大堆作业题，让我转交。我赶紧找到他，就此两人见了面。我告诉他还是可以毕业的，他说"谢谢"，并说退学是因为经济上的原因，我的行为是多余的。听他这番话，坐在回家的电车上，我都觉得羞耻，感到后悔，情不自禁地流下了眼泪。有一对二十岁左右的男女看到我这个样子，一个说"他输球了吧"，另一个说"他被女孩儿抛弃了吧"，看来他们似乎在打赌了。真是一对缺心眼的，正当我这么想的时候，女的直接问我："你这是怎么了？"这不可能吧！我暗自思忖，为了打赌这样逼问，岂不是连人的心都要随意践踏？这一瞬间，我的泪反而止住了。

这使我知道世上有的人很想学习，但无法学下去。若有学习的机会，可一定要珍视！就这样我开始认真学习，并把这事情告诉给大家。由此全班的平均分数居然上升了，同学们真单纯，是群大傻瓜。过了一段时间，他给我打来了电话，说是"去东京做音乐"，并说住在东京正中间的立川。他这是住在东京的中心地段呀，真了不起！

到了冬天，高三的我退出了足球俱乐部，跟他第一次在东京见面。这是一九九九年的事情。我乘新干线，在东京站换乘中央线后去了立川。到达立川站时已经过了零点。从立川北口看出去的风景很闲散，呼吸冻僵的空气时，有一种跟失恋一样的哀伤袭上心头。立川是我第一次的东京体验，当时心中感受到的焦躁就是"我的东京"。

我一边哈气，一边在东京的正中心行走。令我不可思议的是，东京的中心地段竟然如此安静。

23

那里有地沟

　　八月一天的下午，我一个人走在街上，老跟身穿浴衣的男女擦肩而过，这是不是正在过节啊？随意往人流的方向望去，有一位没穿浴衣的女子小跑着折了回来，看上去跟我的年龄差不多，她盯着我看，开口问："是 Peace 的人吗？"我点了点头。这女子一边大声说："你也太没有气场了！"一边使劲打我的胳膊，真羞耻。我倒不是因为被说了句"你没气场"，而是因为被打的胳膊好痛而甚感羞耻。我虽然没气场，可你凭什么打我呢？这人不正常！她说了一句"加油！"，然后就一路小跑，跑回在前面等待她的伙伴中。难道你说"加油"，人家就能"加油"？这可真是大错特错啊。由于这女子莽撞的行为，我的寿命起码要缩短两年。

可是，穿浴衣的人可真多啊。为什么呢？街上的浴衣一多，感觉挺别扭的。说起来，几天前好像有谁跟我说过一句"这周有烟花"，也许就是指现在吧。当我想起这句话，心底就像被引爆了一样。我特别喜欢烟花，在老家时，每年都期待烟花大会。惊天动地的声响贯通了全身，当看见夜空炸开的巨大烟花时，一边卷入万众欢呼的浪潮中，一边又被这场景的气势镇住，就这样我变成了烟花的俘虏。

到了东京之后，我跟烟花的关系进展并不顺当。首先是没朋友，再者也没有消息。大致都是当天才知道要举办烟花大会，没人跟我一起去，结果犹豫不决，最终还是没去。不过，尽管如此，我还是拿出过勇气，一个人去了隅田川烟花大会的会场，但可惜的是人太多，热气腾腾，我只听到了烟花的声音，很快就逃回家了。为什么我会有这种恐惧感呢？

到东京第一年的夏夜，我骑了一辆又破又慢的摩托车，从吉本培训班的赤坂返回我住的三鹰。这时，突然听到一个巨大的爆炸声，我以为要打仗了，但夜空已经开满了烟花。路口正好是绿灯，我一路往前行，心里惦念着烟花，一会儿往右，一会儿往左，一路试着往天上看，但能听见声音的地方却根本看不见烟花。东奔西跑了二十多分钟，没能找到看烟花的地方。现在哪怕能找到看烟花的地方，那二十分钟的感觉却再也回不来了，一想到此，我就觉得自己可怜兮兮的，好想哭呀，一个劲儿往家骑，难道这些都是幻觉吗？因为我一直听见烟花的声响，好想逃避这种声音，于是中途下了摩托车，戴上耳机，放大音乐的音量。不过，在曲子与曲子之间，还是能听到烟花的声音。这是烟花的幽灵吗？不经意之中，我才发现眼前有电车开过，原来这是电车的声音。

今天要是放烟花的日子，我还得逃避。一听到那个声音，就觉得东京不再把我当成伙伴了。我那天听到的烟花声，也是那天的电车发出的声音吧。

我好像被谁说，我的手腕上盛开了淡淡的桃色烟花。如果大家都能看见烟花就好了。我的眼睛里映出了地沟。

24

五日市街道的朝阳

十八岁的我，不是说反话，而是真心依靠了唯一一个堪称"恶友"的人，决定了毕业旅行的去处是东京。可是，到了东京还没到一个小时，我就已经觉得乏味了。因为好不容易来到了东京的中心立川，可恶友却在便利店打工，还让我在店铺的后屋等他。我本来期待在东京看见未知风景，那种无所事事坐等别人的感觉实在太痛苦了。

我跟他说"太无聊了"，可他意外地提出了建议："帮个手收钱吧。"听他这么一说，我心动了，两分钟之后穿上了便利店的制服，站在收银台前说："欢迎光临。"

恶友笑话我："笑脸再用力一些，声音再大一些。"我按照足球俱乐部的要领，从胸腔发音，结果他说："太可怕了，你这是跟谁生气了吗？"原来发音不该是传球时发的音，而是应该达到男高音的领域，于是调整好了嗓音，打算跟接下来的客人打招呼，不再给人以违和感。可是，接下来的客人，只要我一说话，一个个都往我这里看，难道我这是做了什么错事吗？有什么不对吗？恶友笑了："一个秃子，蓬头垢面，的确让人觉得可怕！"

我照了照镜子，果然发现自己的秃头、满嘴胡子以及消瘦的面孔，像是被通缉的罪犯一样。接下来改用轻声，再加些柔和的声音跟客人说吧。我不罢休，变了几种方式多次挑战。不过，冷静地想一下："我从大老远来玩，为什么一下子非要打工不可？"我终于觉醒了，差点儿就被当成无偿劳动力了，于是我脱掉了借来的制服，返回到了店铺的后屋。

除了恶友之外，还有一个打工的人。这人休息，进到了店铺的后屋。我觉得气氛挺别扭的，于是想说说恶友的事儿活跃气氛，但恶友好像把他自己的年龄设定为十九岁。这么一来，我也必须谎称自己十九岁了。我被问：

"你们是同年的同学吧?"我急忙答道:"对对对。"答得很不自然。

我并不想主动说这些,大都是对方问我,可我越听越笑不出来,因为"他是不是这样啊"之类的话说的都是我。我在学校的地位、在校队踢足球的趣闻,包括我经历过的一件件小事,全被恶友当成自己的记忆,而且他还洋洋自得地跟别人说。这是为什么呀?

关于这一点,我没问恶友。不仅如此,为了让他能提升谎言的可信度,甚至把参加大阪选拔赛时的足球球衣送给了他。球衣是我的宝贝,让他跟别人炫耀去吧。我虽然不揭他的老底,但似乎见识了平时满不在乎的恶友的狂气,挺可怕的。我把他从我这里偷窃的记忆都送给了他,这东西毫无意义。

对方说我:"又吉,你跟他很熟悉啊。"这当然吧,因为是我自己的事。尽管如此,我还是说:"也不是,因为一直在他身边……"实际上,我已经陷入了一个错觉,我不知道我是谁。

清晨,我们往恶友住的地方走,离车站有相当一段距离，我来了，他高兴吗？他一路狂奔，猛然撞到铁丝网后倒下了，然后冲着天空笑。关于他可说的事儿也不少哩。

惴惴不安的心情犹如汪洋与荒野，无边无沿，这里真的是东京的中心吗？是不是在骗我？我问他："我说，这立川的哪儿是东京的中心？"恶友回答："我没说中心，而是说正中央。看了地图就会知道正中央。"原来如此，可我把学生时代送给了你，你学生时代的遗体扔在东京的哪儿啊？"

五日市街道的朝霞灿烂，但同时也让人郁闷与不安，像是老走不到家门口，到底会让我们走多远啊？

25

垃圾箱与垃圾箱之间

在垃圾箱与垃圾箱之间，竟然躺着垃圾，这是为什么？

如果是可燃垃圾，扔到写着"可燃垃圾"的箱子里就行了，如果是不可燃垃圾，应该扔到写着"不可燃垃圾"的箱子里。垃圾躺在两个垃圾箱中间是不是说明它既不是可燃的，也不是不可燃的呢？究竟是怎么回事？"烧着的垃圾？""烧不起来的垃圾？""正在燃烧的垃圾？""烧了一点儿的垃圾？""烧过头的垃圾？"这几种可能性虽然都在考虑之中，但凭肉眼观察，看上去就像一张易燃的纸巾。

是不是还有其他什么原因呢？也许类似于一种信念，

比如"不把这个扔进去就会被那个姑娘讨厌"、"不把这个扔进去就会死"、"把这个扔进去就能考试及格"、"把这个扔进去就能买喜欢的衣服了"之类，这是不是一边往垃圾箱里扔垃圾，一边举行恶魔般的仪式之后留下的残骸呢？

这种行为既然变成恶魔般的仪式，自然有它的通融性。对仪式的发起者绝对有利。因为这种仪式没有国际规定，觉得自己能扔进去就可以扔了。即使没扔进去，也可以在没扔进去的那个瞬间在心里说"机会一共有三回"，这样还可以扔两回。"其实从这里扔会更好"，距离可以自由缩短，即使没扔进去，还可以快步冲上前，来一个跨栏动作，把垃圾塞进垃圾箱，说一句："进了。"

如果连这种可以自己定规矩的事都干不成，那真是傻瓜。规矩并非是一成不变的，连这点变动都不准许，严守规定的执行者真够较劲的。可悲的垃圾如此愚直，落在垃圾箱与垃圾箱之间，也许这正是笨拙不堪的人所谓正义的印记。

不对，如果真是这么有正义感，认真守规矩，谁也不会把垃圾放在垃圾箱与垃圾箱之间吧？那这又是为什么呢？垃圾难道在垃圾箱安置之前就已经有了吗？还是这堆垃圾有一个传说，众多男子汉尝试着扔掉它，却又一个个神秘地暴毙？这又是幻觉吧？

一个谜接着另一个谜，我脑子乱套了。如果不这么胡思乱想的话，我早就买了漂亮的窗帘，在荞麦面馆吃了天妇罗荞麦面，整理了明天必要的行李……其实，想也是白想，纯属在耽误时间！今后即便是为了我这样的人不再受影响，也必须把垃圾扔到垃圾箱里。原来如此，这堆垃圾通过突然的变异，也许为我们拉响了警笛，要人类"把垃圾扔到垃圾箱里"。

说真的，眼前的风景真有点儿污秽。

26

国立的黎明

我们十八岁那年一起迎接了黎明，也不知道是谁说的："在立川与国分寺之间好像是国立。"后来又有谁说了："这绝对是瞎说。"

住立川的朋友说："我要回大阪了，家具都不要了。"听他这么一说，我怀着戏弄他的心理，立即跟当时的搭档，还有轮胎战队的两个人一起把所有的家具都搬到了我在三鹰的木房子。

那天，立川的朋友打来电话："我家被偷了。"报警之前，我先把他叫到我住的地方。他一进门，一边看着自己买全了的家具，一边说："这房子让人好心静呀！"我把来龙去脉跟他一说，他说："怪不得让人心静得异常呀！"然后跟我说："我只要这个。"他拿回去的只是一个普普通通的闹钟。

Ⅱ

27

高圆寺的风景

高圆寺是标榜人情与奇思异想的街道，他们把德岛著名的阿波舞称为"高圆寺阿波舞"，并以此振兴街道，其构想甚为自由奔放。

比如，夏天到了深夜，我到高圆寺车站前的公厕解手，厕所没人，这时出现了一位衣衫褴褛的中年人。其他小便池都空着，但他偏偏站到了我的后面。我突然生出恐惧感，这是谁也无法理解的。我生怕他把尿撒到我身上，或者从身后给我一刀，于是，我猛烈地左右摇头，连声说："干什么？干什么？干什么？"

尽管他一个劲儿说"对不起，对不起"，但一直站在我身后，寸步不离。他到底是什么目的呢？我没尿干净，很不爽，一心想从厕所逃出去。他只管连声说着“对不起”。

再比如，冬天的拂晓。一个酩酊大醉的男人跟一个打扮妖艳的女人搭讪的瞬间，我以为女人会杀气腾腾地盯住那个男人，可她突然撒腿跑了起来，就近踹开别人的蓝色自行车，犹如什么也没发生一样，扬长而去。真是好可怕啊！

我在如此奇妙的高圆寺的角落里度过了二十多岁的头几年。旧木房子的墙壁很薄，连隔壁人家的叹息声都能听到。我在看电视的时候，仰头望着天花板，靠专注的意念力不为电视分心。因为只要楼上的人在房间里一走动，我的电视画面就被干扰了。

有一天，住在二楼的中国女人大肆装修房子，把家具放到了不该放的地方，弄得我电视也没信号了。在我老家也是如此，这倒让我有些想家了，但一想到连电视都看不了了，哪儿有时间想家呢！这电视到底怎么弄呢？到了周末，二楼女人的男朋友来了，一到夜里就吵架。“你为什么不理解我？谁都不理解我。"

我知道她每天早上六点出家门，"嗯。我理解，知道你是非常努力的。"我在楼下直点头。她绝对想不到这么近居然会有理解自己的人。两人越吵越厉害，吵得太厉害的时候，我就"砰砰"敲天花板。这么一敲，女人就会嘟囔："你看……"然后，静寂来到。啊！这个旧木房子装满了我的记忆，如今因为老化，已经被拆了。给我留下最深印象的就是这个中国女人。有次在她出门的时候，外面突然下起了雨，听她叫喊了一阵"没有伞"之后，顺手就把我信箱上挂着的一把透明塑料伞给拿走了。当时，我在房间里，听到了声响，故意装着不在家，悄悄从窗帘的缝隙中看出去，只见那个女人为了不让雨淋着男人，使劲举高雨伞。

如今，每当回到高圆寺，都要到木房子的旧址前徘徊一下，这时脑海里不由得发出阿波舞的巨响，眼底下映出的是我的蓝色自行车，被一个妖艳的女人踢倒了，二十岁的我一脸寂寞地把车扶起来。真是跳舞的傻瓜看傻瓜，同样是傻瓜，不跳岂不是更傻？

28

明治神宫的朝霞

二〇〇三年十月，Peace 组合成立了。当时，我所属的线香花火组合刚刚解散，我一个人是没有信心继续当艺人的，受孤独感驱使，我甚至想投奔京都的寺院。

正好在这时，同期的穷艺人绫部跟我说："三十岁当和尚还为时过早吧。"我不知道一个人几岁当和尚才算适龄，直觉"他说的也许是对的"，于是打消了去京都寺院的念头。

后来，跟绫部成立一个组合的想法出笼了，有些细节需要商量再商量，就这样，在天不亮时，跟他在原宿见了面。当时，绫部在原宿的一家卡拉 OK 打工。我们在竹下通路口的吉野家吃了牛肉饭，去了明治神宫参拜之后，不知不觉坐在了广场的椅子上。

我们说了很多话，结论是"试试看吧"，并决定成立一个组合。想象中，这时应该有滚滚雷鸣，这雷声从神殿反弹而起，如蛟龙升天，让我们有一种受天命的感觉，或者是一只从未见过的美丽而神秘的鸟，叫出一声"这是传说的开头"，让我们情绪高昂。但实际上，这时在我们的周围，一群老人开始做起广播操，慢慢悠悠地。新的一天的清晨来了，这是希望之晨。

29

胜哄桥的忧郁

　　盛夏酷暑，我打了一份工，身穿西装一直举着一个牌子，上面写的是"样板房请往这里走"。

　　这个地点是胜哄桥。午休三十分钟，天热得让人头发昏。交通流量大，车水马龙。除我之外，所有的人看上去都挺高兴的。一有豪车开过，我就嘟囔"打搅了"，朝着车的后座说："去海边吧！"车一下子开动了，直向海边飞奔。这样快速地飞驰，让我也觉得凉快，实际上我仍然是站在柏油马路上而已。

　　这叫什么"胜哄桥"？连胜利的一个音都听不到。

到了东京后，我更是连战连败，该是失败者中的头号人物了。车道上的黑块原来是一个被压碎了的小牲畜的死尸。

30

下落合的天空

　　成立了 Peace 组合之后的第一个演出是在外国留学生的学校里，我们在讲堂表演漫才，观众完全没反应。坐在第一排的外国人立起中指，一直在说"Fuck U"，我只想着他的中指对的不是自己，而是我的搭档。可是，漫才说到中场，抛出包袱，我们两人拉开距离时，那个人的中指分明是冲着我立起来的。这是怎么回事？

　　表演结束后，我们为冷场向执行委员道了歉。对方说："别在意，大家都是刚来日本的，还不太懂日语。"那为什么叫我们来呢？走出校门时，一种无力感袭来，天气还非常好，真像个大傻瓜啊。我很消沉，连一句让人上进的言语——比如，"天空不用语言也可以连接世界"之类的话——都想不出来。

31

高圆寺中大路的商店街

我住月租二万五千日元的木房子，房租可以便宜五千日元，条件是打扫公厕。不过，对我来说，打扫别人弄脏的厕所，在精神上很痛苦。尤其是刚刚打扫好、第二天又被别人弄脏时，老是猜疑是不是隔壁邻居故意弄些污垢来捉弄我，疑神疑鬼。

有一天深夜，我烂醉如泥，回家后一个人竟然说起了落语。我从来就没这个习惯呀，而且，这也是我最不愿意让别人看见的自己。也许是太累的缘故吧。

隔壁邻居发出了怒吼："吵死人啦……"谁也没请你表演，突然一个人说起落语，大人们真生气了。极度的羞耻与厕所的事混在一起，太让人气愤了。几天后，有次我与来访的后辈正在聊天时，隔壁邻居猛然敲墙："吵死人啦！"此时此刻，在我心中积蓄已久的愤怒终于爆发了。

我从手边拿起了一本杂志，一边大喊"干吗呢！"一边奋力往墙上摔。结果，打开的杂志犹如生出了翅膀，噼里啪啦地散了架，连墙边都没够着。忍住笑的后辈打开了窗户，朝近处的街道望去。

32

巢鸭的延命地藏尊

巢鸭街是有香味的街区，据说，拔刺地藏能帮人延长寿命。

从前有这么一个传说，一位对地藏尊拥有虔诚信仰的女人临终前，死神马上就要站到枕头边上了，这时出现了一位神秘的僧侣，他用拐杖击退了死神。

我知道早晚有一天，死神也会站在我的枕头边上，但以下这些话是我不愿意听的。"差不多了吗?""这儿的房租多少?""十、九、八……""你睡着的时候睁着眼。""不好意思，我还在研修中，一边读指南，一边为你解释哦。""灯打开行吗?""要去火葬了，要是觉得痛了，就请你举起右手。""抱歉，事后汇报下，他已经死了。"

33

世田谷区公园令人窒息的风景

我二十三岁的时候，成立了 Peace 组合。那段时间，在三宿的家庭餐厅创作段子，然后去餐厅后面的世田谷公园排练，最后把段子完成。当时，每个星期都有发表新段子的演出，除此之外，还有发表新段子的漫才表演和小品表演，天天忙，一直沉浸在深夜的餐厅里。气氛挺怪异的，因为店员把我们看成十分讨厌的客人，赖在饮料吧里一直坐到早上，跟接待其他客人相比，显得比较从容，好像随时可能奚落我们。这也许是我个人的受害妄想症吧。

对这家餐厅，我内心有一种罪恶感，一个人不敢进店，总是躲在暗处，要么看着搭档进店，要么确认搭档的摩托车停在停车场后才进店。

有一天去餐厅，看见停车场有搭档的摩托车，于是就放心地进了店，结果发现搭档不在。原来是别人的车，只是车型一样。

过了一会儿，搭档进店了。店里所有的人都看搭档，他当时的样子绝对像戴上帽子和墨镜的胜新太郎。客人们骚动起来，店内的气氛犹如谁都在问："这是谁？绝对是娱乐圈的人吧。"看上去，我跟明星的经纪人一样。搭档坐在沙发上，吸引了店内客人们的视线。当他摘下帽子和墨镜时，客人中有人嘟囔："我以为是谁呢!"可不是，全是假的。我们只不过是一直到了早上还泡在饮料吧的讨人嫌的人而已，这种穿着简直是没有自知之明。深夜，肚子饿了，饿得发慌，特别想吃甜品，但价格太贵了，买不起。发慌得厉害，束手无策。

这时，一个满身鲜血的男人闯进了店内，好像是喝醉了。他高喊"给我拿红酒来"，跟店员吵了起来。这太叫人气愤了，肚子本来就饿，又加上这个男人大吵大闹，我完全无法集中精力写段子。我忍不住，说出来的话跟咒语一样："光给别人添麻烦，什么好处也得不到，你这个傻大叔……"其实，我忘了自己也是同样的存在。稍后，警察来了，也不知把醉酒的男人带到了哪里。店内又安静了下来。这时，店员来到我们的桌前说"添麻烦了"，还免费送了我一个特想吃的甜品。

傻大叔太顶用啦！对那天晚上的我来说，与其说他傻，还不如说他是一位大神。吃了甜品，吸收了营养，写段子的效率也提高了。我们去了世田谷公园练习段子。在桌子上写的段子无论多么有噱头，如果不实际练习，根本就不会逗人发笑，这是我们平常的经验，那天晚上也一样，唯有甜品也许是让我们飘飘然了。离我们大约五十米的地方，有个二人组合在弹唱莫名其妙的歌曲，我大篇幅地修改段子，不知不觉中，天亮了。

明天的表演就拿这个上，我们两人似乎共享了这么一种气氛。搭档嘟囔了一句"顺其自然吧"。我心想："这家伙说的是什么啊？"我虽然头脑清醒了，但看到的却是虚空，这时，刚才弹唱的二人组合奇迹般地开始唱披头士的 *Let It Be*。这首歌的歌名 *Let It Be* 翻译成日语，恰好就是

《顺其自然》。

　　我不太喜欢小浪漫，如今走过世田谷公园时，心里还是堵得喘不上气来。不过，尽管如此，我还是会去的。

34

涩谷道玄坂百轩店

走上道玄坂，右边可以看见百轩店的入口处，我在这里被警察盘问过多回。我问过警察："你们怎么老是盘问我？是不是有盘查路人的标准呢？"警察说："是的。脸色坏，眼睛充血，眼下发黑，脸颊消瘦什么的。"

这要是真的，那我一辈子都会被警察盘问。

35

杉并区马桥公园的薄暮

八年前，在有明曾经举办过一个年轻人的段子大会。

上台前，我们在后场过道的台阶上练段子。这时，更高一层的台阶上有人打招呼："我说……"往上一看，一个陌生的男子居高临下地问："彩排几点开始？"我回答："十分钟后"。如此鲁莽的工作人员实在很少见，不可思议。

不一会儿，听到急速下楼梯的声音，另一个男子和刚才问彩排时间的男子一个劲儿向我道歉："对不起，弄错时间了。"这两人是我们的后辈。这就是Shizuru组合与我的第一次见面。把我认错的是池田，一起道歉的是村上。

那天，我穿的是黄色的Ｔ恤和绿色的大裤衩。演出一开始，才发现除了我之外，还有一个穿黄色的Ｔ恤和绿色的大裤衩的人，我被当成那个人了。下一个演出，我们又是同台，得知村上踢过足球，于是请他参加我们"乌鸦"足球队的练习。村上是很希望参加的。我听说他劲头很大，而且又是毕业于拥有一流足球队的东京的高中，想必实力很强。

　　练习是免费的，地点在杉并区的马桥公园，那里可以踢足球。在高圆寺车站前集合的成员们走到我的住处附近叫我。可是他们要是知道了比自己大四岁的前辈一直住在没浴室没窗户没空调的房子，梦想也许会烟消云散。于是我提前下了楼，在隔壁一家点心店的前面等他们。

　　到了马桥公园后，我跟村上两个人踢球。相互并不熟悉的我们一边练习传球，一边说了很多话。他跟我同龄，喜欢看书，尤其喜欢读村上春树。我也喜欢读村上春树，我们聊村上春树聊得非常开心，感觉跟他会成为好朋友。

　　我们聊到学生时代的球衣号，我说我是14号。村上听罢，很兴奋地说："哦，我也是14号啊！"我也兴冲冲地说起，过去荷兰足球名将克鲁伊夫就是 14 号。

村上说："克鲁伊夫很牛，不过我的 14 号还有其他理由。"我问他那是什么理由，他直截了当地回答"三杉淳"。三杉淳是漫画《足球小将》的登场人物，要不是得了心脏病，他会成为日本第一的选手。

村上没开玩笑，《足球小将》的读者有很多都是三杉淳的粉丝，不过，我的好奇心似乎在别处。村上的全名叫"村上纯"，字虽然不一样，但发音都是"Jun"。他喜欢的作家是村上春树，喜欢的 14 号是三杉淳。"村上"与"Jun"，这家伙只是喜欢自己吧？有没有个办法测试他一下呢？我试着问了问："村上，你有喜欢的演员吗？"他说："有啊。Murajun 很棒！"Murajun 是演员村上淳的简称，这时我确信不疑了，跟他说："你不就是喜欢你自己吗？"这是无心吐真言的一瞬间。

马桥公园已日近黄昏，小孩儿们都准备回家了。操场上空变得开阔了，在昏暗之中，我们一直都在踢足球，没停过。

36

堀之内妙法寺下雨的夜晚

剧团每年都到我的村子来一回。

我坐在前面第二排，对即将开场的公演非常期待，甚至提前入了座。我背了一个很大的双肩包，其实是不必要的，把它放在我的膝盖上，还是塞到座位的下面呢？犹犹豫豫的样子给人印象很糟糕。

舞台上，大幕前，神主与巫女猛弹电吉他，震耳欲聋，每回公演都是这个样子。随着吉他的节奏，一个形象很好的男子手握麦克风登上了舞台，他高喊公演就要开始了。全世界的电影院或者剧场都是这个套路，我们谁都听过类似的喊声，就是他喊出的那一声。该男子的家族大概世世代代有着犹如铁块一般坚硬的特异嗓子。据说，过去的奥运会以及世界大战开战时，也是这么喊的。舞台演出就是从这些男子的喊声开始的。

不过，开演时，坐在我前面长了灯笼脸的女人跟右边的客人不停地说话，简直让人难以忍受。

一年到村子来一次的剧团公演，为什么要说话呢？你有什么权利说话呢？我对灯笼脸的个人意见毫无兴趣。灯笼脸周围的客人都皱起了眉头，只有她没察觉，一个人一直在说。这么下去，我非得憋死不可，根本无法集中精力看舞台。我想让她换个座位，同时也担心剧团的团员们对灯笼脸发怒，再也不到村子里来了。灯笼脸坐在第一排，从舞台上看下去，一定很不舒服。

灯笼脸还是喋喋不休，话多得简直要淹没舞台下半截了。谁看了灯笼脸都反感。当我正要跟她说的时候，在她面前站了一位老人。他是剧团的团长，而且手提了一个小型电风扇。团长的电风扇吹出了强劲的风，一下子把灯笼脸吹跑了，灯笼脸惨兮兮地消失了。

热烈的掌声从观众席上响起，我的眼睛被灯笼脸白衣的一角蒙住了，赶紧摇头想把它甩开，这时才想起自己还在雨伞的下面。

　　刚才，突然下了雨。我很狼狈，一个戴着帽子的高个子男人给了我一把黑伞，我一打开才发现伞里画了无数的小画。这些画原来就是一个喋喋不休的酷似灯笼的女人被小型电风扇吹成了粉的故事。雨打在伞上，小画在动，看上去就跟动画一样。这真是一把奇妙的伞，让我回到了自我。深夜中的妙法寺，黑暗是屏幕，让我们看到许多奇怪的风景。走动起来，世界就会发生变化。这个伞是发给小孩们的，为的是看演出时保持安静。剧团的演出马上就要开始了，地点在三更半夜的妙法寺。

37

幡谷的足球场

我高中的时候一直踢足球，几乎没有一天不踢的。毕业后，为了当艺人，我来到了东京。因为要当艺人，所以必须要跟以往的自己告别。我把最喜欢的球鞋和足球都放在了老家，心里发誓再也不踢足球了。

我进了吉本培训班，有个前辈问我是不是踢过足球，我告诉他踢球踢了十年，他说有比赛，让我参加。没到两个星期，老家把球鞋和足球寄给了我，心里曾经发过的誓也就此消失了。足球场在幡谷，我参加的足球队是由艺人组成的。话虽这么说，我一直到高中都是在实力很强的球队踢的，练球也是跟职业球队或者二线队员们一起，所以对草根足球没想动真格，能让在场的大家高兴就可以了。

　　比赛开始了，跟我想象的完全不一样，大家的水平非常高。有一个大叔的发型很像从巴西回来的日裔第三代，他跟我一个队，踢得很出色。他就是前辈艺人 Penalty 组合的 Waki。还有一个后卫，无论是传球，还是带球过人，一直到最后射门都很厉害。他是 Penalty 组合的 Hide。另外，还有一个梳分头戴眼镜的，身上就像穿了一件西装一样出现在足球场上，他是守门员，接连守住了高难度的球，他是前辈艺人，Karika 组合的林桑。

　　这时，我受前辈的球技刺激，全力跑位，用头顶球，却被裁判判了犯规，因此又跟对方吵了一架，我心中的誓约就这样简单地毁掉了。足球赛开心不说，我甚至碾压了若干前辈队友！

　　从那以后，我们每周在幡谷踢足球，已经成了习惯。过了几年，前辈们都忙了起来，参加的人数虽然变少了，但还是坚持了一段时间。然后，球队解散，再也没有艺人组成的足球队了，一些零散的球队偶尔集中到一起踢踢球，仅此而已。因为谁都上了年纪，体力衰弱，再也不能跟以前一样运动了。不过，唯有三人组合 B Kousu 的前辈 Habu 跟别人不一样，我十九岁时跟他一起踢球，十年过去了，他还一直踢，而且比以前速度快了，强了，踢得更棒了。

人到了二十五岁以后，不再讲究什么强壮了，只是把踢足球当成单纯的娱乐。那个时候有一次机会跟陌生的球队踢球。对手是学生足球队，领队的问我："你们是什么球队？"我回答："就是个公司的队。"然后，我半开玩笑地佯作发出指示说："课长传球"，"办事员跑位"。这要真是公司的队，才不会这么说哩。对手对此半信半疑。这时，那个梳分头、戴眼镜的林桑才来，晚了几分钟。不光是我们，连对手都嚷起来了："部长来了。"这个震慑力太强大了。不用说，那场比赛因为部长踢得精彩，我们队赢了。

后来，Karika 解散了，林桑不当艺人了，B Kousu 也解散了，Habu 现在单独一个人继续当艺人。一直到今天，只要在剧场见到当时一起踢球的伙伴们，大家还是兴致勃勃地议论足球，这从我们十多岁开始从来就没变过。

38

东京某地的外机

"这儿连放空调外机的地方都没有，装不了空调。"

这是二〇〇九年附近一家二手店的店员跟我说的话。

有了一份临时的收入，想买个空调度过夏天，可我住的这个木房子是六十年前建的，根本就没有装空调的条件。现代都市到处都在乱建，建筑物之间密不透风，没空调很难过暑天。风扇吹的是暖风，最多把前面的头发吹吹，完全不顶用。

想要睡着觉，要么赤身裸体，要么用冰宝宝把全身擦一遍，趁凉气未退的那十分钟赶紧入睡。睡醒后，全身汗津津的，有时我对这种状况很是恐惧。

我买过一个窗边专用的冷风机，当作一个解决的办法，因为这不需要外机。可是，木房子的木窗很旧，已经腐朽，根本装不上去。买回来的东西不能退货，结果我一直把它放在房间里。

　　有一天晚上，我实在受不了酷热，插上了冷风机的电源线，凉风穿过通风口吹到我的脸上，轻松地助我入睡。原先为什么不这么解决呢？之前真是傻得不能再傻，简直像一个噩梦，我放松下来，睡着了。

　　可是，还没过几分钟，我又被难以置信的炎热弄醒了。窗边专用的冷风机因为没有外机，排出的暖风吹到了室内。暖风有股臭味，弥漫了整个屋子，令人窒息。我赶紧打开窗户，但已无济于事。

　　我从屋子里逃出来，夜风很爽。这房子为什么这样呢？当夜走在大街上，看见了很多外机。这么多的外机让我大吃一惊。有这么多的外机，就有这么多的空调。人们一定在凉爽的房间里睡觉吧。从这效应看来，那些外机的个数也可算是我失败的次数了。

　　我虽然不认识那些人，唯独对外机产生了自卑感。在那段时期，我跟晚辈 Milk Crown 的 Gentle 一边行走在深夜的住宅区里，一边热烈讨论低一年的晚辈组合 Russian Monkey。我们说"Russian Monkey 真逗，超级喜欢"。这时，有人突然打开附近公寓的窗户，大声怒斥："吵死人啦，谁是 Russian Monkey 呀?"我们立即道了歉，真心觉得对不起。

深夜，如果因为听到了莫名其妙的 Russian Monkey 而不能入睡的话，那才真叫人生气。那幢公寓的外机跟房间数是一样的。有了空调，马上就能入睡。梦里，俄国的猴子一定在撒野。

39

驹场的日本近代文学馆

　　有一天的清晨，到阳台上让盆栽喝水，正好跟流星撞上了。

　　流星呷了下嘴，对我表示反感，对盆栽露出了笑颜，说了声"喂"，继续向天不亮的远空飞翔。我有点儿生气，喊了声"喂"，流星似乎回了下头，但因为正在高速飞翔，有一部分已开始坠落，消失在业已天亮的高空。

　　我的眼睛一直追赶着流星的方向，明天想直接告诉它我的企图。我梦想把坠落的大块、小碎块，在成千上万的地点做出标记；又四处寻觅是否有口琴，因为我好像读过什么书，其中有"流星偷了口琴……"这么一说。不过，哪儿都没有口琴，是被人偷了？不会吧。我起先就没拿口琴。当我意识到这个问题时，吉田拓郎的专辑 *Only You* 已经播放了整整两个星期。

找一个根本就不存在的口琴太累人了。我本打算出门买个饮料就回来，但见路旁有个卧地不起的男人，靠近一瞧，原来那男人是被流星击中了，是个受害者。男人说他要向流星复仇，我把藏在怀里的手枪借给了他。

第二天，我到落下大块流星碎片的地点周围散步，看见了驹场公园。公园里有个建筑物叫"日本近代文学馆"。我一看见这个建筑物，当即确信流星一定是在里面的。我进去一看，有很多作家与诗人的原稿都陈列其中，其中也有流星。题目叫《与流星格斗的故事》，没错。作者的名字是稻垣足穗，原稿显得很陈旧。"歌剧结束/在回家的路上/自己的车在街角拐弯的那个瞬间/与流星撞上了……"

原来如此，我觉得就是这个样子吧。男人与流星互殴了起来，打得头破血流，几乎失去知觉。待男人回到家，把子弹装进手枪的枪膛后，爬上房顶，向着流星开枪，大致就是这么一个故事。我这才明白昨天那个男人是用我的手枪向流星开火的。

　　流星的旁边，还展示了稻垣足穗写给杂志主编的一封信，内容是对多次催促刊发自己稿件的致歉以及为下次能刊发而努力的决心。作为一个作家，非要提高名声不可的霸气，从他的手稿中喷涌而出。不过，据说这份原稿并未被杂志刊发。当我把《与流星格斗的故事》全抄到笔记本上时，管理员告诉我文学馆马上要闭馆了。

　　在夕阳西下中，我走到下北泽，途中在北泽一丁目的住宅区，看见一家租书店与一家旧书店隔街相望。我觉得这实在是太巧了，边张望边走进了旧书店。往书架上竖排的书看去，有一本书的书脊上写的是稻垣足穗《一千一秒的故事》。这里有书神啊！而且，这时我也明白了，流星的小碎块就是落到了这里。《与流星格斗的故事》后来被收入《一千一秒的故事》，之后得以面世。回到家里，觉得有一股烧焦的味道，难道是我脚踩了流星的碎片吗？把鞋底翻过来一看，原来是脚踩了一泡狗屎。

40

三宿的住宅街

我从二十多岁的时候就一直受到前辈乌龙 Park 组合的桥本君的照顾。桥本君这个人有很多谜。无论什么时候打电话给他，他常常说正在淋浴。如果对这话全信了的话，桥本君难道一天十五个小时都在淋浴吗？看见百货店的橱窗里陈列着一副盔甲，他不由得发出感叹："一想到坂本龙马穿成这个样子，真叫人感慨。"不用说，按时代来说，那时的龙马是不会穿盔甲的。反正，我弄不清他到底在想什么。这是一个不可思议的人。

我过去的梦想是能住上一处自带庭院的日式住宅，这个梦想很大。当时的我只有二十岁出头，现在早就不这样想了。那时我经常跟桥本君一起在三宿附近闲逛。

有一天晚上，桥本君突然站在住宅街道的中间，嘟囔道："等到哪天，我想住在这里。"看来，他跟我一样也有很大的梦想，真让人高兴。不过，观察了一下桥本君的视线走向，发现他向往的既不是豪华的日式住宅，也不是高级公寓，而是一个普通的高层建筑。而我却希望前辈在憧憬中能拥有更大的梦想。

当时，我常去桥本君住的三宿的公寓。他的门上挂了一个西方豪宅常用的狮子把手，用把手敲门告诉主人客人来了。

我特别喜欢房门上挂百兽王的把手给人带来的违和感。有一回，为了试试，去桥本君家时，用狮子把手"咚咚"敲门。结果，什么都不用听就有敏锐感觉的桥本君一边提醒我，一边打开了门："对前辈的家，你有什么可好奇的?"

与此相似，我对桥本君做错过很多事，可能不计其数了。不记得具体是哪段时间，我曾慷慨激昂地说过，他那条米黄色的灯芯绒裤子很土。对我这很不礼貌的话语，桥本君始终耐心地听着。后来，两人一起去他家的时候，桥本君坐的位置发生了变化，与平时不一样了。也不知为何，他一直坐在装满西服的衣架前。过了几个小时，等他上厕所时，我才发现原来在桥本君身后的衣架上有一条米黄色的灯芯绒裤子。

我假装什么也没看见，对厕所里的桥本君说："有一条米黄色灯芯绒的裤子还是方便。"厕所里传出了他的答话："打工的地方……得要穿米黄色的裤子……真的。"桥本君的声音略带一点回声，显得很温柔。我老老实实地道了歉，说了句"对不起"。

过了一会儿，我从桥本君家走出来忘了带钥匙，于是折回去敲门，居然没有反应。会不会……？我把耳朵贴到门上，里面传来淋浴"唰唰"的声音，他又淋浴吗？我盯着狮子把手不放，一边想象着豪宅，一边等待桥本君淋浴完毕。

41

丰岛园

有一年的夏天，我连续好几天都站在丰岛园的露天舞台上。也不知是哪位艺人带了股东优待券，让大家去玩单座赛车。我第一次玩，开得很差，被伙伴以及过路的人嘲笑了。方向盘也返回不到平常的状态，我的车只在原地打转转。时间到了，我完全没有体会到其中的乐趣。

我从车上下来，让给排队等着的人们。有个年轻女子坐上了我的车，然后，出发的哨子响了。大家一起开动，但只有我坐过的车仍在原地打转转，女子发出恐惧的叫声，我才发现刚才下车时没把方向盘退回原位。

　　原来如此！我这才明白单座赛车的乐趣所在。丰岛园是一个让人觉得很舒服的公园。

42

从荻洼大浴池看出去的风景

　　我住的木房子一直没有浴室，平常洗澡都去澡堂。一般去的是普通街道的澡堂，像吉祥寺的便天汤、鹤之汤、万汤，都是老铺子，有风情，我喜欢。有时，跟后辈艺人Ju-Seeds儿玉、Panther向井他们一起去离家很远的大浴池。

　　简单说明一下这两个人。儿玉比我晚四年，他的情绪有时不够稳定，自说自话，有时让人无所适从，在精神上犹如小学四年级的男生一样，没有长大。

　　比如，有一年的冬天，我们都开摩托车，身体冻得冰冷。我建议两人就近先到便利店喝口热可可暖暖身，对此，他很赞成，还说："真好，最棒！"但到了收银台，他突然拿出冰镇的葡萄汁饮料。真是个麻烦的家伙。

向井比我晚六年，看上去给人的印象是个很爽朗的好青年，但内心里又很像一个与自我意识格斗的高二男生。他特别喜欢收音机，房间里乱七八糟，但中间放了一台很大的收音机，就像佛祖一样供奉着。据说，他经常一个人深夜听，而且还偷偷地发出笑声。我最喜欢和怪人交朋友，他就是一个不折不扣的怪人。

有一天，我们三人一起去荻洼大浴池。车站前的夜晚一改白天学生们与买菜主妇们熙熙攘攘的光景，虽然看不见人的影子，但能听到有人在弹唱，抱着吉他在咆哮。

一进了大浴池，儿玉异常兴奋，甚至有点儿像跑到山村学校来的小学生。脱光了身子，把衣服塞进衣柜里，所有这一切都非常神速。真是在争分夺秒呀，这说明他多想跳进大浴池啊。他一边跟我说话，一边催促后辈向井："快点儿！"我每次换衣服都是最慢的。尽管早就过了二十岁，已经是成人了，但光身子还是有些害羞的。我的精神年龄多少岁呢？尽管儿玉让我们加快速度，但他并没先走，一直等我们换完衣服。

三人一起走向大浴池，儿玉的兴奋状态达到了最高潮，突然间"啊"的一声，使劲踢了一下向井的屁股。这一瞬间，发出了"啪"的一声清亮响声。向井笑着说："请你住手！"我有些不好的预感，半掩着身子，悄悄地跟上了他们，结果被儿玉发现了，他踢了我的屁股，并说："还有你这家伙！"

都是大人了，踢屁股究竟是一种什么样的心态呢？后来，三人笑个不停，也不知道有什么可笑！

我一边让露天温泉暖自己的屁股，一边眺望荻洼的风景，很难说这是什么绝色美景，但在现实中却深深地烙在我的心里。

43

羽田机场的风景

在我觉得心烦意乱的时候，好心的朋友问我："你知道飞机是怎么起飞的吗?"这问题真让人反感，我无语。朋友说："那可不是顺风哦。飞机不顶风是飞不起来的。"你住嘴吧! 我知道你想说的事情，但我不是飞机!

日前，从羽田机场乘坐飞机。登机前有行李检查，还要钻过金属探测器那扇恐怖的门。还在十多岁的时候，有好些事就跟那扇门有关，甚至使远距离的恋情告吹，这扇门对我来说，看上去犹如恶魔一样。钻过这扇门之后，就剩下搭乘飞机了。不过，男检查人员从我的行李里面拿出了还剩一半的饮料跟我说："让我们检查一下其中的成分。"最近的机器连这个都能做到,我真觉得不得了。但男人回到我这里说:"有点儿不明白这是什么,能闻一下吗?"我心想:不明白吗?被一个陌生的中年男人闻过的饮料,还有谁想喝呢?不过,这个男人也是为了工作。

中年男人闻过了之后,有可能跟我说:"有点儿不明白这是什么,能让我喝一口吗?"甚至又喝了一口说:"挺好喝的,但还是不明白其中的成分,今晚去你那里住,请跟我多说说吧。"然后,一起住了一夜,又说:"还是不太明白你的事情,还能给出一些时间吗?"我给了他时间,一起到了吃早餐的时间,他说:"我做了味噌汤,不知道你喜欢什么味道,先尝一下吧。"对此,哪怕我回答好喝,他又对我说:"另外,你的窗帘不遮光,今天我再去买一幅,不知道你喜欢什么颜色,一起去吧。"

就这样,我与这个中年男人开始了密切的生活。经过了几回争论、吵架,相互信赖的关系才得以稳固,也不知从何时起,相互的关爱融化了自己,两人合二为一,你即是我,我即是你,这样反而再也看不见值得珍惜的对方了。结果,命运很糟,中年男人被调到了大阪工作。距离一远，相互都觉得寂寞，久而久之心生疑虑："他是不是跟其他中年男人去玩了？"羽田的那扇门终于对这种无端的疑心作出反应，发出了"哔哔"的声音。如此这般，两人不得不分手，各自奔向不同的人生。

从羽田飞伊丹需要六十五分钟。飞机跟压缩了时间一样，飞得飞快。尽管如此，飞机也不会把我带到相隔八万七千六百小时路程的你面前。我背靠着座位，飞机在跑道上加速行驶。发动机连续发出爆炸声，像是在吼叫。原来如此，飞机一边对着迎面劲吹的强风吼叫，一边向前推进，起身飞翔。就算我心中描绘的地方与飞机抵达的地方不一样，看上去也很精彩，这种感觉不也挺好吗？

所有思念都集中到了这里，然后又向各自不同的目的地飞行，这样的羽田令人珍惜。

44

高田马场之夜

狗狗不是家养的，所以见人也不用摇尾巴。

有一种狗即使咬人，也不会有那种咬人致死的气势。

狗在吠叫两秒前的眼神，其实从八秒前就已是这样了。

高田马场从高速公路上飞驰而过。

45

根津权现的影子

据说，尾崎放哉曾经在根津神社召开过俳句会。

作为一名公司的职员，他经历了挫折与失恋，离开东京后，去了一次寻找自我的旅行。他的自由律俳句，成熟老练地表达了旅途中的孤独与哀愁，句句刺痛我，有一种从心底深处爆发的感觉。他在晚年所作的咏诗有很多名句，有浓浓的与东京隔绝的色彩，那种从远离世俗之处所发出的声声呼唤，在我看来，犹如送往东京的情书。

寻找迷失的自我

——尾崎放哉

46

夜里的歌舞伎町

新宿歌舞伎町很可怕。刚来东京时，不知天高地厚的我想到歌舞伎町的卡拉 OK 店打工，去面试的时候就有种崩溃的感觉，因为从女店长的表情就能看出她不会用我，很绝望，但没想到她说的话犹如日剧的台词一般："这条街很危险，回去时要多加小心。"听到她的这句话，我几乎要哭出来了。情绪低沉的我，刚出门，就听见一个睡在纸箱子上的老人放了一个响屁。那一声又软又干的屁在我心里并未激起任何感慨。随它怎么放都行，我想要的是意义。无情的屁声是 BGM，它象征了我的人生。我很难过。

从那之后，对歌舞伎町我就有种畏惧的感觉，哪怕是个人外出，也要设法避开这个地方。可是，我的工作大都是在剧场演出，又不得不跟后辈艺人一起穿梭在深夜的歌舞伎町。那个后辈艺人是 Grunge 三人组的五明，是一个身高一米八的壮汉。我们认真地谈论人生，一起到歌舞伎町吃饭。在这种状况下，假如我说"歌舞伎町有点儿可怕，我还是算了吧"之类的话，我会即刻颜面扫地，以后谁也不会再找我了。两人走在歌舞伎町的街上，上来拉客的男人一般都是先对我这个小个子发声，每回跟五明的对话也都被打断。五明怒斥他们："不用！"壮汉五明并不像我那么害怕暴力。

我不能对这样的后辈示弱，于是靠近五明的右脸使劲儿保持着尊严，而左脸对歌舞伎町却一直在道歉。经过几次反复，我们的对话才渐入佳境。时候赶得不好，拉客的男人又凑了上来，对我们恶言恶语，用词淫秽猥琐。

好危险！五明愤怒了。我察觉到了危险，先说了一句"不用"。这时，那个男人退下去也就算了，但他直勾勾盯着我："你不是艺人吗？"这可不是被人认出就能高兴起来的场合，五明当即面露杀气。男人没注意到他，继续说：

"我在电视上老看见你。"

这时，五明的愤怒达到了沸点，大喊："这个人老上电视啊！"五明并没有恶意，只是为了保护我。可是，为了保护我而说出的话，恰恰验证了对方的话，这跟对方的攻击相比，给我的伤害要大得多。

"呸！"

这是幻觉吗？我似乎听见了那个时候的声音。后来，我们吃了完全没有味道的拉面。吃到第二口时，五明安静地致歉道："刚才，对不住啊！"

还在十几岁的时候，我就是孤独的，忍辱偷生，一心想逃避歌舞伎町。可是，歌舞伎町又怎么样呢？的确非常危险，有时还会挨人背后一刀。这条街的风景是无限残酷的，但有时也会温暖无比。

47

武藏小山的商店街

我小时就玩过这个，在一张纸上的正面画上"鸟"，反面画上"鸟笼"，然后用一根棍子挑起来打转，这幅画看上去就跟"在鸟笼里的鸟"一样。在武藏小山的商店街，也有跟这个类似的玩意儿。

走在商店街上，迎面走来了内田裕也。我冷静地看过去，只看见了一位"拄拐杖的半秃老人"和一个"金毛青年"并肩走来。武藏小山的商店街残存了老街的风情，而且十分浓厚。在此汇入人流，也许能遇见全世界的明星。

48

四谷站的黄昏

在四谷车站前面，出租车停靠点旁边有一个公厕。我正往公厕走，排在前头的出租车打开了后门，司机以为我要上出租车。我觉得挺不好意思的，险些上了出租车，但并没上，因为我没有要去的地方。不过，恰恰是因为没上出租车，这才让我看到了意外的光景。有一个看上去像公司职员的男人，嘴巴上叼着手机，用手绢擦手，这让我看呆了。

见到用嘴巴叼车票的人，我都觉得样子很不好，更何况叼手机，不止是样子不好，完全是自冒傻气。而且，这也是赶巧，手机发出了"嘟嘟"的响声，还是振动的，蓝光一直在闪，弄得他跟事务型机器人一样。男人从嘴巴里取下手机，用手绢擦了之后说："我刚说了一半，不好意思。"原来如此，他打电话只打了一半，我努力却还是完全无法理解这一举动。

二十岁的时候，第一次出演深夜的定期节目，我从四谷车站走到麴町的日本电视台，能出演电视节目真叫人高兴。不过，因为是头一回，每回录播时都非常紧张。所以，沿着与麴町接续的四谷的马路，我尽量走得慢慢的、慢慢的。

49

秋夜的仙川

有一段时期，我跟后辈 Ju-Seeds 的儿玉几乎每天在一起玩。我们没钱，散散步，到公园说说话，有时一起去澡堂洗澡，过着不像平成年代的日子。

有一天，我想出了一个把过路人的灵魂"咻"的一声吸出来的玩法，当然这不能让对方发觉。两人走在马路上，擦肩而过时吸，坐在板凳上吸。一开始，儿玉说"太恶心了"，并不积极吸魂，可他在一旁观看前辈们吸过路人的灵魂，也许太无聊了，慢慢地也就产生了兴趣。

实际上，一吸起来，儿玉的才能大放光彩。他不吸小孩与老人的灵魂，这一点让我对他有了好感。有时他突然捂着肚子要吐，还说"我吸了坏家伙的灵魂了"，看上去很严肃。看着他那样认真的眼神，连我这个发起者都觉得可怕。

"吸魂"只是我们随便想想而已，至于是否真能把人的灵魂吸出来，谁也不知道。也是因为如此，这个玩法最精彩之处是对方并不知道我们正在做什么。可是，儿玉沉迷于这一精彩之处，犯了大错。他满脑子全是"我不让对方知道我在吸魂"，结果与年轻女子完全处于眼对眼的状态之下，他竟然还是噘起嘴巴"咻"的一声，全力吸魂。当然，对方绝对想不到自己的灵魂被吸走了，但看到一个年轻男子近距离做出夸张的表情大口吸气，必定会觉得很恶心，致使对方的面孔上呈现出非常讨厌他的表情，而且很露骨。

我是胸怀秘诀，不让对方发现，轻松爽快地吸了一路。不看对方看前方，用余光发现目标，嘴巴横移，"咻"的一声吸魂。如果是儿玉的话，我可以无私地教给他。

有一天，我们跟往常一样走在吉祥寺附近，一路走一路吸魂，过路人的灵魂纷纷被我们吸了，势头很猛，甚是好玩。我也想开个玩笑，吸下身边儿玉的灵魂，可被他发现，大声呼斥："住手！"表情非常严厉。"为什么要吸我的灵魂啊？"儿玉的怒吼惊动了周围，不少过路人纷纷回首看着我们。

过路人的脑海里一定会浮现出巨大的疑问："为什么要吸我的灵魂？"我也会被人视为死神。我赶快压低声音说："儿玉，你安静下，这只是个游戏而已。"

儿玉安静了一下说："我觉得自己已经少了点儿什么。"我一笑，儿玉已把我的灵魂给吸走了。我不由得大声怒斥他："住手！"我们玩的这个游戏也许是危险的。

在吉祥寺玩过之后，两人骑一辆摩托车，一边说着怪话，一边驰往"汤烟之乡"浴场。在秋夜中穿行，清澄的空气洋溢着淡淡的芬芳，那里就是仙川所在的地方。

50

扔掉自我意识的场所

我在寻找那个曾经扔掉自我意识的地方。自己给自己拍照片被称为"自拍"，凡能做到这一步的人，自我意识都是正常的，但我做不到。

自拍时，有的女人努力睁大眼睛，一心想摆出可爱的样子，这是值得赞美的表现。与此相比，那种睁大眼，嘴角往上翘的男人多少有点儿缺少自我意识。照片拍得好一些是普通的欲求，因为谁都有自我陶醉的感觉。难道我们听不到这样的声音吗？"睁大眼自拍自恋，让人不舒服。"或者是："有人虽然觉得自恋并不舒服，但只是想拍个好照片而已。"这下，天可以放晴了。我虽然憧憬这样的人，但自己却做不到。

二十九岁的时候，我出版了第一本书，封底印了我的照片。我没有拍照片的习惯，过去的照片都是别人摆弄的，我并没有自行设计。因为自拍是做不到的，总是请谁来拍一下。我把平时一起玩的儿玉叫到咖啡店，告诉他我面临的现状。儿玉听罢，顺手拿出数码相机，把镜头对准我，按下了快门。

"你干什么？"见我皱起了眉头，儿玉一边确认拍好的照片，一边笑眯眯地说："拍成了，很像新锐的先锋作家啊。"说着让我看了照片。

这可不行呀！我既不是作家，也不是新锐与先锋，看了这张照片的人大多数都会嘲笑这家伙假装作家。我不愿意假装，这时，好像听见他说："做个怪脸拍不就行了吗？你不是个艺人吗？"我完全没弄明白他的意思。这比假装作家还假。装样子不挺好的吗？不管周围怎么看，为了自己第一本书刊登一张怪脸照片，很男人，气质很棒！不过，我是个小人物，没有那么大的气场。尽管世上的人都不知道，但我周围的人都知道。让我自拍，就跟一位很土很不起眼的老派中年教师在文化节上高唱 The Blue Hearts 的 *Linda Linda* 一样……不过，这也不一样。文化节有反差效果，还行。我平时说喜欢摇滚乐，但周围的人都笑话我不适合。这跟那种音调高的学生唱 *Linda Linda*，却不能唱出高音的状态非常相似。

怎么弄才好，我也不明白，前后试了好几种方案。

拍我闭着眼，任风吹扬头发，显示出自然自在的状态；拍我在奔跑，手在晃悠，跟英国摇滚乐的唱片封面相似；拍我认真的面孔，活像个无忧无虑的诗人，戴上黑帽子，又像犯有前科的罪犯；拍我咬紧牙关吃饭，估计会当成名叫《原拳击选手重返擂台》的新书封面照；拍我用力跳起来，既不像朋克，又不像潇洒的青春偶像。结果是什么都不像，只留下了不愉快。

没办法，儿玉嘟囔"肚子饿了"，我也有同感。如果吃饭吃到觉得真好吃的那个瞬间，估计是无法客观看待自己的。

于是，我们去吃了最喜欢吃的荞麦面，吃的时候，让他拍了几张。由于沉醉于美食，忘了还有相机拍照，在忘我的情况下，终于拍出了自然的风格。

回到家后，一边淋浴，一边把发型弄得像奥特曼一样，这时才发现使我扔掉自我意识的场所，其实就是洗澡间。

51

隔田川的傍晚

跟喜欢的人约会，有过这种经验的人是幸福的。在约会前一天，一看表，都过了深夜十二点了，平淡地吐出"是今天呀"之类的话语，这就是约会。

我选的地方是上野的浅草。

上了上野公园的台阶，迎面可以看见西乡隆盛的像。我从不同的角度观看西乡，先是背对着西乡，让他放松警惕，然后"啪"的一下突然转身，当然，这是无意义的。我假装没看见落在西乡头顶上的鸽子屎，也不自责没拿这个说事儿，大喊大叫"啊！有鸽子屎"，这种表现顶多也就是到十几岁为止。我喜欢的人嘟囔："西乡隆盛真是个大块头啊!"我说:"是吗?真人不是这样的。""可是,那条狗好像跟真的一样大。""西乡要是跟真的一样大的话,那太诡异了吧。""是吗……"我中止了对所爱之人的愉快想象。这个恶魔!我往无辜的西乡身上吐了一口吐沫,继续往前走。

这时,有一块路标牌子映入了眼帘,上面写的是"正冈子规纪念球场"。据说,子规喜欢棒球,他的小名叫Noboru,由此旁推侧引,还得了一个叫"棒球(No-Ball)"的俳号。

我为了挽回刚才的失态,开心地说:"要是巨大的西乡,那得全是本垒打啊!"可是,我所钟情的这位全当了耳旁风,照样往前走。我一路亦步亦趋地紧跟,非常狼狈。

在公园,有个拿吉他弹唱的歌手周围汇集了上百位大叔,难道这是大叔们的领袖吗?我有点儿怀疑。肚子饿了,于是就去了精养轩。光听名字,就觉得好吃。不过,一到了精养轩,首先被豪华的建筑给吓着了。看上去显得很昂贵。刚进门,店员怒气冲冲地说:"你不能进去!"我不由得卑躬屈膝，丑态百出，干笑着应付："是嘛。"我喜欢的人是不是也有同感呢？我们在店里吃了披萨饼，披萨饼的样子酷似 KIOSK 大卖的面包。

吃完后，走过刚才那位歌手的旁边，这才发现大叔们正在排队领取餐食，拿到餐食后，连歌都不听，马上就走开了。原来在这里起主导作用的不是歌，而是餐食。在这里我看到了人性丑恶的一面，更是想往净土，接着一心向浅草方向走去。

走到了浅草寺，正好在装修，在很多双手合十的香客前面有一个头戴安全帽的工人，给人感觉怪怪的。不过，挂在门上的巨大草鞋却让我心知肚明，一目了然。

我们走到隅田川，大楼的玻璃上反射出了夕阳。看见屋形船①上摇晃的外国人，我说："这不是保罗·史密斯吗？"但我喜欢的人并无反应。

这时走在近处的小孩指着我说："他一个人在自说自话！"这句话说得跟我周围再没别人一样，还是从一开始

---

① 船上架设屋顶，用于游览的日本式木船。

就只看见了我一个人，另外一个人难道是被夕阳融化了？

　　我只是一个人。扑通一声巨响，一个穿着浅草寺的草鞋、带着一条狗的妖魔踏上了大街。这风景真是壮观啊！冲天的爆破音扑面而来，请把我的忧郁一起带上吧，让它远走高飞！

52

浜离宫恩赐园

　　我每回走到这里，脑海里都会浮现出一个形象，总也离不开。尽管这是一个无意义的念头，不值得写，但又叫我欲罢不能。

　　这就是，此处是"适于放屁的好去处"。我并非恶搞，因为在大街上放屁是很危险的。一是有可能给人添麻烦，二是自己也觉得害羞。然而，夕阳西下时，站在庭院美景的桥上，谁都不知道，一个人是可以放屁的。假如你有不想让别人知道但又不得不放屁的时候，要是我的话，首选此地。真该骂！

53

炎热夏天空中的十贯坂上

夏天沿着中野大街往南走，每次走到十贯坂上，脑海里老是响起一段配音："这里是一个叫坂之上十贯的杀人犯频繁出没的地方。"不过，这种预感未必是真实的，可能是炎热夏天的幻觉吧。

我买了一罐咖啡想休息一下。眼前浮现出一个"看我的"的面熟少年，从楼顶上往下跳。当我正怀疑"这是真的吗"，只见少年沿着楼梯往上跑，又从楼顶上往下跳。少年一直重复来回，不厌其烦，而且还对我做出一副"我牛吧"的表情。我没理他，而他一直还在重复，于是，我也让他看看大人是怎么牛的。跑上了紧急楼梯，一下子飞跳了下来，嗖嗖的，像是刮风的声音。

　　炎热的夏天，住在对面公寓的女人跟我远距离打了个照面。自感无地自容，往下一看才发现我还是个少年身。

54

把日本桥当成起点的记忆

看过歌川广重画的日本桥的人再看现在的日本桥，一定觉得不过瘾。桥上有首都高速公路，阳光照射不进来，暗淡无光。天空看上去很窄，就跟家里搬进不合规格的家具造成一个死角一样。

不过，据说，日本桥是"距离东京××公里"标志的起点，由此而开始的国道1号线，直通我的出生地大阪，跟那家佛具商店和章鱼烧店都是相通的。

55

下北泽打不开的铁道防护杆

下北泽有几处铁道的道口，有时打不开防护杆。傍晚走在下北泽，会碰到防护杆紧闭。在"这种等待"中明白了下北泽的历史。

初来乍到的人死盯着铁道的道口，"这回是这边，下回是反方向的，防护杆打开了，可以过去了"，有种亦喜亦忧的感觉。与此相比，下北泽的居民戴着耳机，听着过往电车与音乐匹配的声音。有对恋人，只有她一个人过去了，而他却留下来，在我的身旁等着。防护杆不打开，两人无法见面。铁道防护杆假如一直到了夜晚也不打开的话，人们就需要撑起帐篷，一直等到天亮了。

有些商店就是为等待铁道防护杆的人而开设的。很多年过去了，住宿的地方也出现了，形成了街道。假如铁道防护杆一百年都不打开的话，那两边的语言文化就会割裂，乃至成立不同的国家。假如我死了，墓碑也会建在铁道的道口上。

　　跨越久远的时光，来到铁道的道口。总有一天，恋人的子孙们会相互握手。我的子孙后代也会到书店买我欣赏的诗集，由古泽安二郎翻译的艾伦·金斯伯格的《嚎叫》，然后放在我的墓前，以示祭奠。

　　在铁道口的防护杆打开之前，那满载故事的列车正在我脑海中飞驰而过。

56

赤坂·草月大厅

　　几年以前，我们曾在赤坂的草月大厅与一个叫 La Goristars 的艺人组合团队同台表演，成员有前辈 Hiking Walking，同期的 Heisei Nobushi Kobushi，后辈 Ishibashi Hazama，还有我们 Peace，共四组。

　　演出一旦决定，一般来说，我们只要把准备工作做好就行。但这回有一件事跟平时不一样，令人担忧。这太可怕了，因为演出当天正好是我的生日。有的人会觉得这该是多么可喜的事啊，可对我而言，太多的不安已经压顶而来。我猜当天一定有人会给我一个惊喜，这个概率超过 120％。那时，我能很好地表达喜悦的心情吗？艺人成员，工作人员，也许连观众一起都会被卷入这一惊喜之中。我不能让大家觉得"这家伙完全不喜悦，真冷淡"。

我这么一想，结果在跟大家准备时就走神了。一个巨大的生日蛋糕突然被端上来时，我应该当即反应："啊！不会吧。这是为了我？"然后吹灭生日蜡烛，唯有最后一根蜡烛怎么吹也吹不灭，大家嘲笑我肺活量不大。就这样在温馨的气氛中，迎来了生日的惊喜，而且没出什么差错。应该是这样的吧？

还有可能，大家只是瞒着我，当我表演到一半时会在舞台上上演一个庆祝生日的小品。我这么一想，甚觉一直在房间里会干扰大家的商量，于是假装上厕所，故意留下时间，给大家商量如何为我庆生。

就这样，我们迎来了表演的当天。我比平时晚一些到后台休息室，为的是留下时间，让大家能为我准备惊喜。

我的脚步比平时重，声震屋瓦。咚！咚！猛力敲开门，为的是让大家事先知道我来了，好把惊喜的生日蛋糕和彩球藏起来。

大家显得很平静，同时也犯了一个大错误。包括工作人员在内，大家谁也没跟我说："祝你生日快乐！"这看上去像是故意的，我强忍着没笑出来，假装跟着大家演的戏走。

演出开始了。开场很顺利，没发生什么事。我原以为开场就会有惊喜，但好像不是。小品的表演一个接一个，马上要演完了。我想笑，但又不敢笑，强行控制着自己的表情，跟大家一起从舞台上向观众席鞠躬。

来了，来了。前排的观众开始有点儿动静了。是送花吗？还是花炮？"啊呀！"当我满脸害羞地抬起头时，舞台的大幕已经完全落了下来。大家相互在说："辛苦了。"其实，谁都不知道今天是我的生日。我是一个看不懂这世界的家伙，真丢人呀！今后出门，不能掉以轻心了。大家也许是担心庆生会让我在观众面前太害臊吧。但是，我在众人前头走出了草月大厅，谁也没有拦住我。赤坂的夜风是冷冰冰的。

我的生日是六月二日，跟"本能寺之变"是同一天。从历史上看，倒是一个不比明智光秀的叛变差多少的惊喜。刻有"草月"的石头会要求我怎么活下去呢？

57

下北泽 Club Que 的爆音与静寂

Live House 举办过一个活动，DJ 请的全是艺人。我没见过真正的 DJ，但有的艺人真的是 DJ，全场热烈，人声鼎沸，很棒！

脑浆！脑浆！加油！加油！脑浆！

我完全跟不上。DJ 这份职业太酷了，我肯定不行，这虽然是我脑子里的想法，但一旦接手这个活儿，到了自己该上场的时候就必须好好干。观众已经付了钱，无论如何，只能干好。这跟我个人的自我意识无关。

南半球好吃！北半球好咸！

这话说出来都让人害臊，我进了 Live House 后一直在喝酒，根本就不是正常的状态。

有人或许说，如果你那么害怕，不干不行吗？要是不干害怕的事情，我就不会跳进游泳池，不会去做广播操，不会踢足球，不会上学校，不会站在众人的面前。说不定，我连家门都不敢迈出一步。面对可怕的事情，还有讨厌的事情，用不着逃避，有时正面出击，反而能活下来。所以，当我发觉自己想逃避时，反而会尽量用力把事情做好。

磁悬浮是快车！

后辈们知道我接了 DJ 的活儿，跑过来跟我说："一起干吧！"这让我感到有了后盾。因为大家很了解我，才来帮我，并说好了由我放乐曲，让后辈们在舞台上狂跳欢舞。

你要是撒谎，就把刺鲀鱼融化掉，在工厂。

可是，DJ是我，舞厅发出震耳欲聋的声响，男男女女都在尽情跳舞，该我出场了。在我前面的人没有用机器放曲子，而是乐队现场演奏，全是由艺人组成的乐队。

敌人是毛利，还是上杉？敌人是毛利，还是上杉？

乐队的主唱唱过几首歌之后，好像又开始说话了。他说的是艺人的精彩之处，自己必须要超越前辈，来到会场的客人们最棒，今晚一起参加演奏的队员也很棒。很棒的事情一定要坚持做下去。我喜欢凡事都认真对待的人。

这时，主唱说了一句"以此心情作了这首歌……请大家听吧"，唱起了最后一首歌。我忍不住笑了，笑的是以这样的心情作曲是很不自然的。

全场的人应该笑得前仰后合才对，但没人笑。这是一首大声唱出的叙事曲，犹如一首美丽而直率的诗。他全力想表现出一个显而易见的巨大矛盾，但这个意图似乎没能传达到会场。不过会场的欢乐气氛还是令人心醉。

　　也许是我的看法错了，他并不想带给观众违和感，而是说出发自内心的话。但这似乎完全不可能，他也不是那样的人。例如，从字面看他喊出的口号：

　　梦实现！伤化脓！

　　的确，他说的话有很多都能引发人们的共鸣，但还是有强烈的违和感。这和听到国外新闻说一个全身绑满炸药的年轻人一边以死表决心一边被当作坏人时所感到的残忍，是完全不一样的违和感。为了国家的价值观以及贯彻常识中的正义感而献出生命的行为是可怕的，我觉得这是不应该发生的。这不让人觉得酷，但也不可嘲笑，不可视为变态。第一感受是悲哀，还有一种莫名的恐怖。

　　如果能穿过这个森林，就把我忘掉吧。

死是可怕的，非常可怕。为了什么而献出生命的力量究竟是什么？这跟自杀是完全不一样的。对比这种情怀，我自觉自己的存在是可耻的，无所事事地活下去会遭人嫌弃。

与此相反，过分强调什么正义、废弃一个好安排的小恶，反倒让团队穷追不舍，团队虽然有英雄气质，但却是胆小鬼，让人觉得很糟糕，跟我一个模样，真是投机主义。我没听谁说有人直面毫无胜算的恶并付出了自己的生命。

大家各行其是，程度不同。

把我的舌头还给我！

这比无所事事要好些，不做事，就什么都不会改变。我的脑子虽然能理解这一点，但总觉得这是个很跌份儿的英雄。这也许是个不好的想法，但我确实是这么想的。

我怕死，当然，我知道没有谁想要我的命，但我要是有说大话的工夫的话，宁可干能干的事情。要是光靠谈思想谈梦想被人尊敬的话，我宁愿说傻话，让别人笑，让别人觉得我是傻瓜。

　　喂！大夫，白色是膨胀色！

　　我跟后辈们一起围成圆阵，表达了决心："我上了舞台，会说个段子，一直说到观众发出笑声为止，笑了之后，再放曲子，这才是开始啊。"后辈们全体现出了不知所措的表情，但这是当事人说的，也只能这样了。上了舞台，我对正在等着听曲子的观众说："我先来个段子。"就像发布宣言一样。然后，马上开说了。

　　你的愿望太大了，把善款还给你！

　　岂知完全没反应，那就再来一个段子吧。

　　老爷！活过来呀！老爷！活过来呀！

还是没有反应！

　　哥斯拉 VS 王者基多拉 VS 微碳酸 VS 你；我发"nu"，现在是"mo"。nunununu……；缩小的美国，膨胀的琦玉。

　　无论怎么说，完全没反应。深夜，会场大多数人都喝了酒，即使没喝酒的人也被震耳欲聋的音乐强行带入了狂躁的状态。这气氛分明是谁说点儿什么都可以逗笑的呀。什么地方搞错了？我再来一下。

　　听见了，猛烈的贫困之音！

　　还是没反应。刚才还那么热闹！观众们投来了无数冷漠的目光，直刺我的身体，知道我是一个无才的人。

　　不知是音响设备发出的爆音弄坏了耳膜，还是我的声音太小，传不到观众那里。

　　继续干！

名字不明白，这是阿根廷的妖怪！

没反应，再来一下。

从两组女孩中间穿过去！

有了一点儿反应。好了，这下可以放曲子了。可是后辈们挽着胳膊，一副为难的面孔看着观众席，连动都不动。那表情是在说"为时过早"，"不是这样的吧，前辈"。刚才的乐队渲染得又是那么热闹。

三岛由纪夫拼命宣布。

你，七零八落！

太宰治亮出自己的裤裆，拼命让别人笑。

兴趣正被一点点地粉碎。

我的英雄们是伟大的，他们都在拼命地想表达什么，与那些从安全的位置上发出吼叫的胆小鬼完全不一样。

　　你加你等于二，再一除就没有意义了。

　　没人接受我的"梗"，我一边快要后悔做了不自量力的事，一边继续往下说"梗"，一直到刚才还是震耳欲聋的下北泽 Live House 变成了东京最安静的场所。其中最土鳖的就是我。

　　"打！踢！创伤软膏！"

　　"放弃人生的家伙，用这个手指停住！"

　　"我正在制造一个用假名说话的氛围。"

　　"对国家来说，这是并不友善的思想。"

　　"让我舔舔你的脏鞋吧！"

58

一个有邮包的风景

有一份工作需要我中学的毕业相册。因为要得急，我让母亲邮寄过来。我要是不说急着要的话，母亲会把鲭鱼罐头、袜子，还有暖宝宝之类的东西都装进一个包裹寄给我。有时还加一封信，告诉我家里的近况，有的内容让我不知所措，比如"邻居家的狗不叫了"之类的琐事。

假如我过的是平安时代的贵族生活，从这封信里也许能想象母亲的生活，想象着她手上越来越多的皱痕，一边流泪，一边咏和歌，但我实在没有这个闲工夫。我不要信，只要把东西寄给我就可以了。

我的着急跟母亲也许是相通的，邮局马上通知我母亲寄来的邮包到了，可糟糕的是从这以后发生的事情。有一张"不在通知"放进了我的信箱里，我跟邮局的人联系了，但时间不合适，我又没时间去邮局取。因为我家这边没有邮包专用的信箱。

我请邮局的人帮忙："对不起，我没有时间等在家里，但这是个急需品，我但愿有奇迹。能回家的时候，我努力回家，你能来的时候，也能常来吗？"对方很露骨地表示了不满，觉得很烦人。这本来就是烦人的事情。

邮局的人拿出了一个妙招，说把邮包放在水表的箱子里。我觉得这招儿好，就答应了。然后结束了一天的工作，急忙打开水表的箱子，但没有邮包。真奇怪。我打电话给邮局的人，对方说确实放进去了。可是，邮包根本找不到，就连要用毕业相册的工作都没赶上。

给邮局的人打电话，全变成了留言电话，我也有责任，想想就算了吧。我不愿意给母亲添麻烦，就跟她说邮包已安全抵达。这么一说，比起工作上需要的毕业相册，那白花工夫装满东西的邮包和母亲的心情更可怜。

我从那个家搬走了。已经过了半年，有一天，突然接到了房屋管理公司的通知，说有人抱怨我过去住的屋子前放着一个邮包。那是老家给我寄来的。我当时正在工作，只能深夜才能去取。管理公司好像也是同样一个情况，于是，我打电话给邮局问他们能不能替我保存一下，对方回答："我们没有这样的服务。"时隔半年的邮包居然跨越时空寄到了，这都够一个新闻了，可邮局还是一副不慌不忙的样子。

我想，撞撞运气吧，拜托对方跟上司反映一下。邮局的部长态度大变，告诉我负责保管，无论是哪儿都会送到。不过，这话别往外传，一传出去就会惹麻烦，当个秘密处置吧。对此我也有责任，所以根本生不了气。跨越时空寄到的邮包真是不可思议，我很难守口如瓶。这话跟部长一说，他表示非常遗憾。

小邮包寄到了新的住所，我打开一看，除了毕业相册之外，还有一个贴了"要冷藏"贴条的小包，里面装的是干梅。信上面是母亲手写的字"晚上冷了，注意取暖"。

这时正逢盛夏，我是在汗流浃背时，读到的这封信。

59

月夜的富冈八幡宫

后辈艺人 Russian Monkey 的成员中须住门前仲町，在他家有一批艺人好友聚餐，吃火锅。中须的太太很直爽，想到什么就说什么，又很会照顾人，而且很漂亮。比我小的后辈一说"想回去了"，她马上就说："前辈又吉还没走呢。"然后拦住后辈不让走。

后辈们跟中须的太太说："别这么凶，还是让我们回去吧。"说这话的人并不讨厌她。我被他们当成前辈，心情很放松，说着自己喜欢说的话，不知不觉钟表指到了夜间零点。

这时，中须的太太突然喊起来："嗨，又吉，从现在开始禁止你谈文学!"她的话锋直接冲向我来了。我好像太得意忘形了,一讲起喜欢读的书,喋喋不休,这对中须的太太而言,一定是非常乏味的。中须被自己的太太骂了,但没有帮助前辈我,而是在一边让太太倒酒一边说:"确实叫人生气啊!"

后来,我酒醒了,走到了外面。月夜的富冈八幡宫显得很美丽。

60

井之头公园

十九岁时的我很后悔到东京来。有点儿小才能的人在东京能成吗？想到这些就让自己吃惊，感到是完全没指望的。

每天都从自动贩卖机里买一罐咖啡，散步时往裤兜里塞一本发黄的太宰治的新潮文库本，仅此而已。喝完后，把空罐儿放到电线杆下，或者放在停车场的围墙上。然后，想象这也许会引发一场爆炸。不过，当我知道这是梶井基次郎小说《柠檬》里的情景时，差点儿吐了。我连苦恼的方式都在模仿他人吗？

新潮文库最后一卷有个年表，太宰是一九〇九年出生的。十年后，二〇〇九年正好是他诞辰一百周年，我能做点儿什么呢？我还会在东京吗？也许已经返回了大阪，是否还活着也不清楚，想到这些我彷徨了。

我本想在太宰百岁的生日搞个演出，怀念一下太宰。对一名艺人来说，单独搞这样的演出，门槛很高，哪怕是大家看好的组合。如果要单独搞演出的话，也需要三年的时间。对我来说，通过演出的形式尽情讲喜欢的作家是一个遥远的梦想，但我还是想搞。光想象一下这个演出，我全身都会有一股膨胀的感觉。假如搞不成，我也就死心了。为此先玩命去准备！刀是一定要坚持磨下去的。我一边走在井之头公园里，一边对自己发誓。

从那之后，九年过去了。我二十八岁了，还是老样子，很穷，但每天都可以上台了。不过，让我一个人搞演出，实力还是不够的。

这个时候，作家 Sekishiro 先生问我是否愿意跟他一起做一本有关俳句的书。这件事情至今都让我觉得不可思议，Sekishiro 先生为什么偏偏找我这么一个不知名的人呢？而且，我跟他连一次话都没说过。我问过 Sekishiro 先生为什么，他说好几次见我在吉祥寺附近走路，无精打采，直觉我有危险。他说这跟他十年前酷似。这么说起来，怪不得我们刚认识不久，Sekishiro 先生就跟我说"你可别死啊"，引得大家都笑了。他找我，实在让我太高兴了。这世上还是有对我感兴趣的人，真应该衷心感谢。

我开始创作自由律俳句。

Sekishiro 先生去找能够连载我们俳句的刊物，但所有的地方都希望发表先生一个人的作品，这是我从 Sekishiro 先生不好跟我开口的情形中察觉到的。对方给 Sekishiro 先生打来电话，说是事情搞定了，但过后，他每回都说："不在那儿干了。"当然，这事情除了我之外，不能怪任何人，这使我内心愧疚，觉得给别人添麻烦了。我跟他说过很多回："写俳句只是我的兴趣爱好而已，很快乐，Sekishiro 先生还是一个人写吧。"他说："我没有别的选择。"我这人不习惯别人对自己好，感觉是很怪怪的。当然，内心还是很高兴的。

Sekishiro 先生对我什么都好，与他那令人叫绝的或新奇或哀伤或磅礴或细腻的俳句相比，我写的就差得太远了，相形见绌，有一种被一拳击倒的感觉。不过，我觉得很舒服。在我的周围有这样的人，是件幸福的事。我们相互欣赏各自的俳句，一起喝酒，那真喝得痛快，时光就这样快乐地度过。

老给 Sekishiro 先生添麻烦的我跟他两个人一起喝酒时，我说："我的梦想是在太宰百岁诞生纪念日那天搞一个单独的演出。"可是，不知不觉之中已经到了二〇〇九年，赶不上了。

正当我打算放弃的时候，Sekishiro 先生跟我联系，并说："太宰生日，我订好了阿佐谷 Loft。"这行吗？这行！"太宰之夜"。我的梦想过了十年得以实现了。Sekishiro 先生！Sekishiro 先生！Sekishiro 先生！我从先生那里所得到的恩惠一辈子忘不了。这是当然的，但一直到今天，我还给先生添着麻烦。

61

阿佐谷之夜

二〇〇九年我一边创作自由律俳句，一边准备"太宰之夜"，这两件事情给了我很大的精神力量，其动力之大连我自己都吃惊了。受此影响，由我编导并出演的《再见了，绝景杂技团》小品正式决定上演了。

"太宰之夜"的头一位嘉宾是 Sekishiro，接下来还拜托了 Nankai Candies 的山里，Shizuru 的村上，Harisenbon 的箕轮。大家都是我很喜欢的艺人。我当时活得像一个漂泊的诗人，没有什么工作。与我相比，他们三人当时在媒体上经常露面，虽然都很忙，但还是答应了我。

我拜托了作家西加奈子。坦白地说，我以前就畏惧西加奈子出类拔萃的才能，她已经写了很多精彩的作品，认识她的人总是跟我说："西加奈子特别有意思。"而且，跟我这么说的人都是有意思的人。众人都说"有意思的人"该是什么样的人呢？

有才能的小说家"有意思"，光这一点就已经成为我畏惧的对象。有人会觉得我都是一个艺人了，还这么脆弱，可是一个人十多年一直被社会当成垃圾看待，信心也会消失的。我在头脑里做了好几回见到西加奈子时的演习。

试了好几遍，只能骂自己："声音太小！""你怎么不逗呀？""恶心。"由于过度仰慕引发的炎症，是不是有点儿滑稽了？

我第一次见西加奈子是在新宿，跟Sekishiro先生一起为了"太宰之夜"的事情去打招呼。西已经跟相伴的编辑喝了酒，醉醺醺的，我很紧张，一坐到位子上，她就跟我说了很多关于太宰的话。

她的话非常有意思，跟我说得如此认真，让我非常感动，甚至发抖，有一种被她彻底压倒的感觉，中途甚至觉得她似乎在训斥我。我必须要阅读更多的太宰才行。

西盯着我的眼睛看，有些半哭的样子。一个有特异能力的人的热度是很厉害的。我有一种心情，似乎是被小说家教诲："太宰可不是那种只用半吊子的艺人水平就能对付过去的作家。"当然，她一句这样的话也没说，而是我自己从她真诚的姿态中感受到的。这对我来说，是一个跨越十年的梦想，失败感把我包围了，我表示了感谢，并说："演出之前，我会再重读一回太宰，拜托了。"

这时，西说："能让我上台吗？"我一瞬间没弄清楚她说的是什么，于是就说："如果对你不是麻烦的话，拜托了。"西说"太好了"，然后对着编辑和 Sekishiro 先生笑了。西就像面试一样使劲儿跟我说话，对我这号人谆谆教诲。她是一个谦虚的人，真美好。我为她这样的人的存在而惊异。我觉得世上没有不喜欢她的人，因为她把我当人看。她为什么不蔑视我，觉得心情不好，或者翘起鼻尖嘲笑我？这真不可思议。这种感觉酷似小孩跟大人一样吃到生鱼片时的喜悦。她不是我所想象的"对他人严格"的有意思的人，而是温柔体贴、真正有意思的人。

二〇〇九年六月十九日"太宰之夜"顺利在阿佐谷
Loft举行了。承蒙大家的照顾，度过了一个愉快的夜晚。
西引发了很多观众的大笑。那一天，又收到了跟Sekishiro
先生共著的句集《没有炸生蚝就不来了》。这是我实现了
许多梦想的一夜。从这一夜开始，所有的事情有了新的开
始，所有的事情都与这一夜是连在一起的。

　　没多久，西出版了她的短篇小说集，她让我写腰封。
这篇小说在杂志连载时，我就一直读，很喜欢。我跟她
说："我写腰封，没什么宣传效果，真对不起……"可是，
她说这跟知名度没关系，还说："不远的将来，大家都会
请又吉写腰封的。"这话对我来说就像做梦一样。

阿佐谷之夜

Ⅲ

62

面对汐留大道的便利店

在东京当艺人，上了电视之后，有时走在马路上会被摄影师偷拍，然后再加上"恋情暴露"之类的醒目标题，刊登在周刊杂志上。要是遇上这类麻烦事，那才算倒霉呢。在遥远过去的某个黄昏，我也曾幻想此类成名后的景象。

也不知是何时，此类憧憬早已灰飞烟灭，我日日败走，七上八下，身心重创，该哭的都哭了，乃至都不忍心再直视自己的无能和精神的脆弱，我一边呕吐，一边还算能活到现在。如此状态下我在东京度过了近十年，跟自己的努力与才能完全无关的某处似乎发生了大变化，对我的生活开始产生了影响，这就是所谓"转机"。我慢慢地忙了起来，再也不能在吉祥寺一带悠闲地吃猪牛内脏了。

有一天，事情突然来了。我所在的事务所的职员说："周刊上有了报道。"不安、不安、恍惚不安！我急忙到就近的便利店想确认一下这本杂志，果然有了报道。还有一张似乎在什么地方被别人偷拍的照片也刊登了出来。不过，这不是那类"恋情暴露"之类的华丽报道，而是一个"在便利店购买沙拉和水"的普通报道。还有如此的描写闯入了我的眼帘，说什么"行踪诡异，可以理解他为什么会被警察盘问"。这事说来也是，生活上虽然有了一些改观，但自己还是个不争气的人，这个没变。照片就是在汐留大道的便利店中被别人拍到的。

便利店很棒。便利店对于东京的生活发挥了重要的作用，对我自己来说，也是一个特别的场所。

东京有无数家便利店，其中有几家我去面试都没通过，但也有打过工的便利店。第一回在便利店打工就被人怀疑是否与募捐箱少了一千日币有关。我搬家搬到高圆寺之后，就近找过新的打工地点。因为便利店深夜客人少，所以想去打工，一连看了好几家，我决定去其中的一家。等我开始上班了，店长说："过去遇到过两回强盗。"我估计强盗跟我一样，也是看了好几家才选择了这家店，而且是贴了记号的。

休息日，在附近散步，看到AC米兰队跟穿了酷似罗森制服的球队一起踢球，我声援了罗森。这一瞬间，我对便利店的爱超过了对足球的爱。

便利店门口有个发蓝光的照明灯，虫子一飞上去就会被烧焦，发出"吱吱"的响声，有一种夏天到来的感觉。打开放冷饮的透明冰柜，想沾点儿冷气，没想到这时我与冰柜后面正在修理的店员打了一个照面，其实我害怕给人看到自己那懒散的表情。这一天发生了许多事，回家途中，又路过一家便利店，店内播放的曲子听起来就像谢幕曲一样。这一瞬间我猛然感到这就是自己要面对的东京。

63

池袋西口的地图

刚到池袋车站，天就下雨了。为了确认朋友在西口新开的面馆的位置，我在路边地图面前徘徊。这时感觉身后有人。我没搭理，伸出指头划着从所在地往目的地的路线。这时有个声音传了出来："这是要去哪里？"我回头一看，原来是两名警察站在那里，这就是所谓的"职务盘问"。

我老是被警察盘问，也不知有过多少回了，而每回我都证明了自己的清白，实际上我跟犯罪的距离很远，完全是一个纯白的存在。

十多岁时很孤独，有一段时间不能自拔，到了日落黄昏时醒来，茫茫然，毫无目的地行走。有时我瞎想："如果我是个透明人，那该怎么办呢？"一想到"今天还一句话都没说呢"，就感到不安，不由一个人发出"啊"的嘶哑叫声，确认"没关系，我还活着"。甚至还感谢盘问我的警察，当时我对他们说："谢谢你们能跟我多待这么一会儿。"不过，这是很少遇到的，大部分时间，我想的是："怎么又是我呀？真讨厌！"

抱怨警察是没用的，警察也是为了工作，如果想早点儿解脱，还是不要抗拒、跟对方配合为上策。警察跟我说："你要是有想去的地方，我告诉你。"我说了店的名字，警察说"这个有点儿难找"而不说"连这个都不知道"。等我察觉时，人已经被带到了派出所。

我被问到什么职业，我一说"艺人"，把我带到派出所的警察使劲看我的脸说："哦，也许在哪儿见过你。"没过几秒钟，他的表情一亮，接下来说："啊！我见过你，你就是老被警察盘问的人。"

是的。我在舞台上和电视节目里再三强调过我是经常被警察盘问的人。他不顾自己警察的身份，一再疑惑地问

"真的吗"，似乎真的记得我。警察一边煞有介事，一边点头称许："啊呀，你真的是被盘问过呀。"这就是对我称许的警察对我的查问，听起来单纯，实际上却很复杂。

警察说："很喜欢的哦，我是一直支持你的。"在这样的情况下，警察的话又怎么让我相信呢？听听也就作罢了，自己感觉很快会被放走的，可这时警察又说："请拿出你的驾驶执照。"盘问这才开始。

我终于从派出所走了出来，雨停了，心情也爽快了。这时，另外一位警察凑到我的耳根说："Esper 的伊东也在这里被盘问过。"这跟我有什么关系呢？我不知道如何消化这条信息，但当天吃的蘸面很好吃，这也算得救了吧。

假如地图上连人的活法都能标注的话，那该是多愉快的事啊！

64

江户东京的建筑乐园

　　武藏小金井的都立小金井公园内有一个"江户东京建筑园"，我有时会到这里走走。在一块挺大的场地上，建成了古代和风的建筑、和洋各半的大房子、澡堂，还有大招牌建筑等等。其中有难得一见的建筑，而且还可以进到建筑物里面去看。

　　进到建筑物内部，可以想象曾经生活于此的人们的生活，这是很令人快乐的事情。自己身心愉快的时候，有时会听见过去的居民的声音。比如，有一家老药店，店内的墙壁上有一排排小抽屉，我估计这是装药用的。一看到这般奇异的光景，我就听见这样的对话："妈妈，头疼药放哪儿了？""不是从上面数第三行，从右边数的第六排吗？"
"不是，那个一打开是剪指甲刀啊。"建筑园关门后，总是
有什么会聚集到一起，但肯定不是人的聚会，这片街区也
能变成真正的街区。我要是没有别的安排，也会到这里来
逛逛的。

65

从晴海码头看出去

从来没想过像我这样的后辈竟然能演电影，而且还演主角。有一部参加冲绳国际电影节的电影给我发来出演邀请，但我没自信，跟制作人说："我演戏演得很差，差到让你吃惊，我行吗？"

我当不了主角，因为演技差得惊人，日常生活中的对话大都是念稿子的感觉，我从小就这样。真心高兴时，一旦用语言表达感情，就变成了"高……兴……"，完全是念稿子，听上去就跟假的一样，周围没人信。有时甚至被人以为是一个感情欠缺的小顽皮，把我当成小恶魔看待。

长大了以后，我对自己在拍照时的无能很恼怒。为了不给摄影师添麻烦，我尽力自然地笑，对此摄影师说出的话毫不留情，他说："拜托又吉也笑一笑。"感觉上，我是在笑，实际上却毫"无"表情，这是很糟糕的事！其实在日常生活中我经常处于感情化的状态，每当夜晚常常惊叹月光的耀眼光芒，有时还为路边的花朵绽放而流泪。

就我这么一个多愁善感的天性，还被别人以为是一个缺欠感情的人，这反映了我的表达是多么贫乏。有人说我："机器人的感情还更丰富些。"这是揶揄的话。在演技上，我是不合格的。

然而，狂醉的导演和制片人对忐忑不安的我说："这些也算是表演。"好吧，好吧，他们是为了让我高兴才这么说的。如果让我解释的话，他们的意思应该是："我们知道你的演技很差，但主人公跟你一样，也是个演技差的男人，过着很差的日常生活。"

这句话使我得救了。因为过去没人这么说过，原来我只要做平常的自己就行了。现在的感觉就像一个年轻的女子遇到一个充满包容心的成熟男士，带给自己一种安全感。于是我决定拍。在挑战第一天的摄影场，我的无能表露得淋漓尽致，致使制作团队开了紧急会议，制片人说："他说话像是偷偷摸摸的，难道是拍法国电影吗?"

祖母教过我，只要受过一次肯定，就该努力。

电影里有个接吻的镜头，而且对方是我从青春期就崇拜的一位电视剧女演员。没有比接吻镜头更让人害羞的了。我甚至为此而沾沾自喜，这简直就是对女演员的亵渎。因此从始至终，我都很紧张，等待这一时刻的到来。结果，我光顾着吃 Frisk 口香糖，近乎异常，而且，还为了保湿，一个劲儿擦唇膏。

接吻镜头的拍摄是在晴海码头，如此美丽的风景让我惊讶。彩虹桥和东京塔都在闪闪发亮。接吻的镜头快到了，我的紧张达到了从未有过的状态。照明以及接吻镜头的准备已经完毕，现场叫到我的名字。马上就要开始了。这时，我看了一眼崇拜的女演员，她正在吃一块大福面饼，根本就没有紧张感，自然的状态真是好! 我实在是不喜欢一遇到无瑕的风景就强行自我加压。

第二天，工作结束后的深夜，我一个人又去了一趟拍摄接吻镜头的现场。那真是非常美丽的地方，可我因为紧张，什么都记不清了。我是为了找回自己的记忆才回来寻觅的。等到下一次拍摄的时候，我把这事情告诉给了团队的人和其他演员，大家怒骂我："这太恶心了，请你别干这种蠢事了吧！"

东京塔和彩虹桥，还有电影的接吻镜头。现在，我正在东京中的东京。这风景把我的笨拙暴露得分外醒目。

66

代代木拐角处的美容室

　　我的鬈发是天生的。上了高中没多久，遇到过一次头发的抽查。当时正在教室里上课，担任生活指导的教师五六个人突然闯进教室，说是要抽查学生的头发。这些教师都是大块头，长相凶恶，跟恐怖分子破门而入一样，教室里出现了异常的紧张感。

　　我没做什么坏事，不用担心，可这时有个教师站在我的旁边，用很吓人的低声说："你还没交鬈发的报表！"什么？鬈发还要报表？这是什么东西？我一抬头，发现其他教师已经集中到了我的周围："你这是天生的，还是烫的？"我回答："天生的。"羞涩地自我介绍了一番。教师给了我一张纸，并且说："如果是天生的，让你家长写下这个，交上来。"这张纸上画的是正面和侧面的人头，下面还有一个要填写的栏目。

我拿回家给了母亲。第二天一大早，再看那张纸，人头图画满了温柔的线条，一圈一圈儿的，像个恶魔。写下的说明是："这头发是天生的，尤其是耳朵上面鬈得很厉害。"这是我母亲写的字，她写的时候会是一种什么心情呢？这个制度太残酷了。

在那以后，我剃了个秃子，上完高中就进了吉本。可是，当时的前辈和同级的同学叫我"囚犯""杀人犯"，全是一些负面的外号，于是，我决定又把头发留起来了。问题是在哪儿做头发呢？

小的时候，我最怕陌生人，跟理发师聊天真的很可怕，我不喜欢。其中最重要的是如何应付理发师问的问题。"做什么工作的？"对此，一旦直说我是艺人，那会变得很危险。对方马上会说："原来你是想当艺人啊。加油啊。我朋友的朋友也去了 NSC。"对方认定你是一个学徒，而且是在想当艺人的阶段，然后就会喋喋不休地唠叨。诸如"听音乐吗?",这个提问也要注意。如果回答"我什么都听",对方就会说"我只听 Techno"。这个时候,我的脑海里一下子浮现出五个抱怨。类似"谁知道呀"或者"你爱听什么就听什么吧",结果,我只能把抱怨和压力带回家去。理发店就像是一个战场。

我十几岁的时候有个一起打工的朋友,现在成了理发师,我让这个朋友帮我剪头,完全无压力。可是,十分温顺的朋友一边触摸着我的头发,一边喃喃地说:"上回剪头剪得挺好的。"这话让我吃了一惊。很多人说我像"没落的武士",还说我"头发不干净",这些话都传到了我的耳朵里。我的自尊心被刺伤了,情绪变得很复杂。

走出了理发店,入夜后的街道上只有理发店是辉煌夺目的。这时,也不知为何,我想起了有一个后辈告诉我的:"又吉,你去的那家理发店过去是一对温情的夫妇开设的面包房,后来倒闭了……所以我绝对不去。"并不是理发店轰走了面包房,也不是朋友的技术把我弄成了没落的武士。

67

上北泽的家庭餐厅

我跟节目编剧大塚君开会的机会很多。以开会为借口，一起玩的时候也很多。大塚君告诉我他想搬家，我说："住得近了，开会也方便了。"大塚君说："是啊。我准备在下北泽一带找找。"

几天后，大塚君说："新家搞定了，就在下北泽的附近。"我问他具体在哪儿，他高兴地回答："在上北泽。"

他完全搞错了。从地名上看，"上北泽"与"下北泽"好像是近邻，但实际上离得挺远的。坐电车需要二十多分钟，离"下北泽"近的是"北泽"，不是"上北泽"，而是"东北泽"。

上北泽是一片很棒的街道，大塚君起先的目的地并不是这里。没办法，我只能到上北泽的家庭餐厅赴他的约会。他每天都在这里写脚本，我觉得他跟这里家庭餐厅的沙发都一体化了。

　　如今我们两人都搬了家，大家住得近到让人不适。

68

惠比寿车站前的人们

　　我坐在惠比寿车站前的椅子上正在等后辈的到来。晚上九点，离约定的时间还有三十分钟。

　　看着眼前的车水马龙，发现这里下班赶路回家的有各种各样的人，还有一群马上要去参加宴会的公司职员，其中有一个人斜披着一条布带子，上面写的是"我是今天的主角"，这一般都是在东急 Hands 宴会专用品货架那边买来的。对我的人生来说，这实际上只是配角中的配角。也不知为何，有的人好像在搞笑，他是不是没有注意到自己的表情已经放松了呢？看上去像个变态，对这类事还是注意点儿好。

　　　　　　　　　　　　　　　　东京百景

有个年轻人正在售票机前买票，一个腰弯得很厉害的流浪汉上前打招呼，估计说的是："能给我点儿钱吗？"年轻人的表情虽然有点儿困惑，但还是给了他一些钱。流浪汉向年轻人双手合十。

流浪汉也许在低声说："实际上，我是神哦。"年轻人说："是吗？那我捐钱。"然后把钱给他，接下来坦白："实际上，我也是神哦。"流浪汉听罢，也许才这么一边说"是吗"一边双手合十。我光看这样的光景就看了三十分钟，不厌其烦。

四人一组的女孩子们走了过来，看上去大约二十岁左右。号称"导演"的一个女孩子手里拿着摄像机，把一个空罐儿放在椅子上，开始拍摄三个女孩子面无表情捡空罐儿的场面。这也许是一部以环保为主题的独立电影吧。三人面无表情地捡空罐儿，一边凝视远方一边从眼前走去，这个编排所传达的意义固然深不可测，但实在是太令人烦躁了。跟无语、无表情的演技截然相反，剧情太做作了。

接下来，导演把空罐儿放在售票机的前面，这里的人流最大。除了导演之外的三个人在摄像机没拍的时候，显得很活泼很伶俐。可一旦导演喊"三、二、一"时，三人从远处突然变成了无表情，迈步向空罐儿走来。三人就这样无语地捡了空罐儿后离开吗？

这个时候，我不敢相信眼前所看到的一切。原来从另外一个方向，刚才的那个流浪汉也开始冲着空罐儿走来，而且比她们三人先到，顺手把空罐儿捡走了。这是一个让人震撼的瞬间，因为流浪汉把空罐儿剩下的饮料全给喝下去了。导演和她们三人发出了悲鸣。

女孩子们以为是垃圾的空罐儿，但实际上，对某些人来说，并不是垃圾。这一不可预料的结果使得她们的作品变得意义深刻了。

后辈也不知什么时候，已经出现在了我旁边。他说："你刚才笑了吧？"于是，我们一起走开了。

失去了垃圾的她们还会捡什么呢？当我正这么想的时候，忽然有人拍我的肩膀。回头一看，原来是独立电影的演员们。她们问："你是 Peace 的人吧？"与此同时，导演从远处一直在拍摄。谁是垃圾呀？

69

黎明前的北泽八幡宫

我在下北泽喝完酒，一路走到八幡宫，酒醒了。

天亮了，我坐在椅子上，迎面秋风送爽。

这时，有一位老婆婆走近我，跟我说："早上，神社里有一个伟人讲话，一起去听吧，说不定会有改变。"我回绝了，但老婆婆喋喋不休："都这个时间点儿了，你还不回家，家里人不着急吗？学校呢？"老婆婆使劲儿看我的脸。这情景有点滑稽。

我回答："没上学。"老婆婆加重语气鼓励我："那要好好工作！"

我说："我也算有工作，明天一大早就有工作。"老婆婆有些吃惊的样子。我继续说："我，都是三十多岁的人了。"老婆婆轻声说："对不起。"然后上了去神社的台阶。她也许把我当成十几岁离家出走的少年了吧。或者，这还真是十几岁的我，老婆婆坐在我身边，跟十几岁的我说话。因为我十几岁的时候，就跟现在一样，经常一个人到神社和寺院休息。

70

冬天市谷钓鱼河岸的风景

严冬的日子，我跟后辈艺人一起走路。寒风刺骨，皮肤就像被切成碎片飞飞扬扬的刺痛。

"我说，风冷，皮肤全被吹散了，要是飞起来的话，会怎么样呢？"后辈听我这么一说，不动声色，眺望远方，咀嚼我的问题。

"自己的皮肤全散了的话，那该怎么办呢？"

"去捡呀。"

"捡回来马上贴身上，还是回家再说？"

"回家再说吧。"

"我也是回家再说这一派的吧。"

由此而诞生了把皮肤碎片捡回家再贴身上的派别。

"要是这样的话，当你在捡自己的皮肤碎片时，我使劲吹，把你的皮肤全吹散的话，你会生气吗？"

"那当然会生气。"

"可与此同时，我用枪打穿自己的脑袋，粉身碎骨，你怎么办呢？"我又追问了一句，"自己的皮肤碎片被吹走了，你愤怒。与自己要好的前辈已粉身碎骨时的悲哀跟这种愤怒混在一起，你会怎么样呢？"

后辈第一次紧皱眉头："首先是别把我的皮肤跟又吉的皮肤混在一起。"

"是啊。"

"一混在一起，再复原就很难了。"

"是啊。那皮肤是什么颜色也不知道了。"

"哦。我们已经到了。"

我们在麹町的日本电视台录完节目之后，是十二点整。正要去吃面的时候，后辈说："我养的乌龟长大了，要买一个新的水箱。"就这样，他带我去了市谷的钓鱼河岸，那里有一个建筑物，周围和里面有很多水箱，还有很多金鱼、热带鱼和乌龟。我挨个儿看水箱，一直看，期待水箱中会不会有一只小鸭子出现，但一直到最后也没有出现小鸭子。

归途中，我们说好去市谷有名的拉面店 Kururi，走到了一看，店门口没有招牌，但排队排了不少人。我们不打算在这家吃了，但走过店门口时看见了 Kururi 的招牌。"这不是有招牌吗?"我们俩人一高兴就进了店里，可这时，后辈突然高喊:"这不行!"我问:"怎么了?"后辈说:"这不是 Kunuri。"你说什么? 这时我一看招牌，这才知道上面写的是 "Berori"，真的不是 Kururi。招牌是用毛笔写的字，一时半会儿没看清楚。当然，就算是 Berori 也好，走路看见一家面馆随便走进去也行，但觉得是走进了 Kururi，实际上却是 Berori，这时所受到的冲击之大还是等到下回再说吧。[①] 我犯了一个愚蠢的错误，把字给念错了，这全是我的不对。不过，尽管这么说，但在市谷可以去两家面馆吃面，倒是挺幸福的。

---

① Kururi，原地打转。Berori，舔舌头。

我们漫无目的地继续走在市谷的街上。皮肤被冷风片片吹散，又走了一段。

我喃喃自语说："刚才被吹散的皮肤有一些飞到水箱里了。"

后辈白井君苦笑了一下，嘟囔道："去捞也太麻烦了吧！"

71

南青山的稻荷神社

　　我的发小艺人难波开始在南青山的酒吧打工了。中学一年级的时候，他跟我说："你看好！"然后，骑自行车从陡坡上大撒把，结果华丽地摔了一跤，骨折了。如此不靠谱的难波君在时尚的店里打工，太值得去看看了。

　　我马上去了店里。难波君跟平时一样，不过，跟我的想象相比，作为调酒师的他打扮和动作都像模像样，跟他比起来，我反倒兴奋不已。这么高大上的酒吧，我都不敢进来，现在发小已在这儿工作，让我兴奋。一位女客人坐在我的旁边，三人自然地谈了起来。

　　女客人向我提出了什么问题，我一回答，她就夸我

"真厉害"。我不管说什么她都叫好。我不由渐渐得意忘形。这里不愧是东京啊！

这时，难波君看着我的脖子说："好像起了什么东西吧。"我知道这是风疹块，一直肿到了上嘴唇。刚才还目光炯炯地听我讲话的年轻的女客人，指着我发肿的上嘴唇，拍着手大笑："好像恐龙！"顿时把我几分钟前的兴奋状态浇凉了。走出了酒吧，看见肃然而立的神社，酒一下子就惊醒了。一个人的日子要合身得体，说话也要与此相应，肉体最诚实。

72

在东京醒时看到的第一块天花板

据说，一个男人老想过去是会被别人看不起的。我何止老想过去，简直是肩负着所有的记忆在活着。记忆有时甚至会走在我的前头，至少提前两步。

我为了删除喜欢的人的电话号码，曾特意爬到一望无际的山坡上。刚刚拔下来的鼻毛也不舍得扔，用纸巾包起来，保管两天，因为也许会想起来，拿出来看一看。

我那时二十多岁，还算好，但毕竟不能老被这些回忆束缚着，人是无法控制梦的。工作上的失败是家常便饭，回到家的时候，丑态百出，这时人就会做梦。

我很消沉，在夕阳西下时，沿着目黑川一直往前走。我想回家，但想回的不是自己的家，而是过去她的房间。我从外面看到她房间的灯是灭的。很遗憾，她不在家。她的房间在二楼，我走上楼梯。厨房很窄，有一张床，还有我硬要塞进来的书架。夕阳照进来，房间里的灰尘起舞，我坐在她捡回来的红沙发上，看见桌子上有一封信。

　　"你辛苦了。今天特好玩，笑得让人喷饭。现在想起来，还在笑。"一看就知道这感想是假的，但我高兴，尽管还没怎么上台演出过。

　　信上面还画了一幅我的头像。再翻下一页，上面写的是"特好玩的是你说的'吃肉'那一句"。其实，不是我说的，那是舞台主持说的，我当时只是默默地坐在台下而已。

　　我一个人笑醒了。这难道也是梦吗？可今天，最后是一个奇怪的结尾，嘲笑的是凄惨的我。这是好兆头，还是坏兆头呢？

　　每天清晨，一起床最先映入眼帘的是天花板，映照着我的持续的梦以及美好的影像。

73

遍布青山的商品群

关于服装，每人都有各自的想法。我有时听人说："男人讲究服装，让人不舒服，显得很土。"让我们看一下说这话的男人的服装，如果穿的是大姐穿剩下的"淡粉色的运动衫"，或者穿六岁以下的"猫咪图案的可爱 T 恤"，那就说明这个男人根本不在乎周围的目光，印证了一句魔幻的台词"先把家里有的穿上"，我觉得他是男人中的男人，也值得佩服。但大部分对服装冷漠的男人穿着那些无人指责的大路货，反倒让人觉得像诈骗犯，就跟说了一句"我就是如此天然，以此决胜负"一样。对此，我想问："难道你是 Junon Boy 吗？"如果是 Junon Boy，那也好，包括满怀信念不输给 Junon Boy 的人也好。我不喜欢那种对服装假惺惺、好像没兴趣、动不动就说"随便就穿成这个样子啦"之类的人。如果有人跟武田信玄一样身披盔甲，一边流汗，一边发誓"这是我的审美"的话，我虽然不想跟这种人交朋友，但这种人能让我喜欢。这人到了婚礼后的第二次晚宴时会打扮成什么样子呢？我很想看看。

这跟手工活儿一样，大人们只为那些发了疯、流了血制作出来的作品买单。不过这世上也许真有随手一挥就做出杰作的天才。

74

神保町的旧书店

　　刚到东京没多久，我第一次去神保町，震惊了。那条街上的旧书店是一条风景线，非常壮观。

　　街上还有咖喱店和咖啡店，很多，汇集了我喜欢的东西，简直像天国一样。Keyaki 书店、小宫山书店、Bondy、共荣堂、Sabouru……在这条街上可以遇见所有的书和咖喱，还有咖啡。

　　我逛神保町，逛了十三年。在小宫山书店的楼上，有一回跟一位作家喝酒，只有我们两人，而且他是我十几岁读书时就崇拜的作家。当我有点儿喝醉时，他问我今后的目标是什么。我答不上来。在一位追求奔放创作风格的作家面前，我能有说得出口的理想吗？我能完成与之相关的活动吗？我这才有一种被拉了后腿的感觉。

这时，这位作家问："那些强行逗笑、令人发疯的漫才呢？"我心想他说话真狠。不对。现在应该是我回答了。我相信自己正在想干的事与应该干的事之间徘徊，这个间隙很窄，乃至变成了我的正当苦恼。

有的高尚的作品只能把其深度传达给一小部分人，有的通俗易懂的作品可以吸引大批读者。不过，从作者的立场而言，有市场意识也许只是为了填补作品本身的弱点而已。无论是苦恼也好，还是无所谓也好，听起来，这些都是自我辩护而已。

与之相比，"那些强行逗笑、令人发疯的漫才呢"这句话的回响是巨大的，超过了一切。

哪怕人家说我"你没戏"，哪怕嘲笑我，我都想说好漫才，不给自己丢脸。在书堆上，这句话刻骨铭心。

75

东京塔

我母亲从大老远的大阪来到东京，我已经三十多岁了，尽孝心、行孝道都是应该的。回想过去的人生，有好几件事都是我该向母亲赔礼道歉的。虽然我并不是什么问题儿童，只是一个平凡无聊的儿子，但实际想一想，还是惹过不少麻烦的。

小时候，我对父母的喜欢是一样的，但两个姐姐都说她们喜欢母亲，就连父亲家的亲属都说："你家当妈的了不起。"父亲很可怜，我为了找回平衡，从小就违心地说："我喜欢父亲。"尽管如此，母亲从不打我巴掌，一直都很精心地照顾我。有时照顾得很过分。我最喜欢吃的水果是鸭梨，但母亲也不知为何，坚信我最喜欢苹果。我因为不想背叛喜欢苹果的自己，所以到高中毕业之前，一直没对外表示自己喜欢鸭梨。姐姐从外面摘了鸭梨回来，端到饭桌上，这让我很高兴。马上就能吃到鸭梨了，可母亲用另外一个盘子放上了苹果，高兴地说："直树爱吃苹果哦。"我不能不回应她的期待，于是就问："苹果是不是已经没了?"接下来大声嘟囔："如果没有苹果，鸭梨也行，我忍着了。"这样才能吃到最喜欢吃的鸭梨。这对母亲来说，完全是一个给人添麻烦的谎言。

母亲带了很多签名纸到东京，其理由是"很多人想要直树的签名"，这真要谢谢人家。我想尽一点儿孝心，于是拿起笔，走向签名纸。母亲在旁边念人家的名字，我一个个地写。写完了几张之后，我发现了问题。母亲说的"送给 Toru 君"，对方大约是几岁的人呢? 我问了母亲，得到的回答是"二十岁"。二十岁已经是大人了，我想写"桑"，我告诉了母亲之后，继续往下写。这回，母亲说"送给 Masaru 桑"，我问 Masaru 桑几岁了，得到的回答是"十岁"。如果对方是个十岁男孩儿的话，正值自我意识的旺盛成长期，我想写"君"。我告诉了母亲之后，继续往下写。

母亲自己逐渐也弄不明白了，一边犹豫一边说："下一个送给……Takashi……桑。"我有点儿怕，问母亲Takashi桑多大，得到的回答是"六岁"，如果是六岁的话，应该加"小"才对。接下来，母亲说："这是大学生……送给Shoko桑……"我写了"送给Shoko桑"，也写了自己的名字。母亲嘟囔道："别放弃自己的梦……"我问："什么？"母亲打手势让我把这句话也写上，还说："别……放弃……"我问这是为什么，母亲说："这个女孩子为了上护士学校正在努力奋斗。"

我明白这份心情，这是母亲的心情，但让我写这个就很奇怪了。母亲还是母亲。弄到最后，我们也没来得及在东京市内旅游，哪怕是东京塔，我也想让母亲看一下，母亲很像东京塔的脚。

76

池尻大桥的小房间

　　我有一段日子过得就像爬在阴沟里一样。身无分文，连饭都吃不上，肚子老是饿着的。有工作干就好了，但问题是没工作。为了打工去面试，不合格。即便是雇用了我，全是体力活，我又干不长。难道我真的就是这么不争气吗？辗转反侧，想前想后，最多也不过如此，我总有一种无力感。没饭吃，干脆就不吃。不买东西也罢。我又不是为了吃饭和买东西才到东京来的。

　　令人倦怠的浮游感一直在蔓延，毫无根据的借口是"这不是真正的我，要想干的话，我也能干"。但实际上，我的堕落的生活正在提速，已经走得很远。我是一个扶不起来的人，每天过着扶不起来的日子也是理所当然的。我能意识到这是自己最差的状态，但看一下四周，还有很多更困苦的人并没像我一样绝望。我面对自己的痛苦是脆弱的，所以强制自己千万别心虚，拿出一副不动声色的样子。身体最诚实，我不到半年瘦了十二公斤。肌肉松弛了，脸颊消瘦了，眼下的眼袋黑得就像用一支黑铅笔画满了一样。我变成了这个样子，无论见到谁，都会被别人说成"恶心"或者"灰暗"。作为改善的方法，有一本女性杂志上说把额头露出来就能显得亮一点儿，这本杂志是我在书店站着读完的。我把头发剪短了，为了显得亮起来，穿上了花枝招展的夏威夷衬衫，东京好像还有几个奇妙的青年也完成了同样的装束。

这样的日子过得不安定。夏天某日，我害怕下班后坐电车，结果一直徒步走到原宿，什么也没想就进了一家古着店，什么也没想就买了旧衣服，钱用光了。走出门外，看到从神社前面的树上掉下来青果。夏天的青果还没熟透就掉了下来，对此我有点儿动心了。说起来，最近还没有什么事情让我感动。这时，在我眼前，有一位女子同样也在看从树上掉下来的青果。这完全是我的瞎想，要是这个人的话，也许能帮我一把。于是，我追上了她，而她看我的眼光则非常恐惧。

我说了一大堆话，语无伦次，后来听她说，当时她以为"这真的是要被危险分子杀死了"。这人当时也许就该逃走。我擅自跟人家打招呼，又发现自己没有钱，最后说了句："我没钱，等再有机会吧。"可对方惊恐的面孔似乎是在说："你是想让我借钱给你吗?"也许是想就地解决，与不明不白的存在不发生任何瓜葛，她请我到咖啡馆喝了咖啡，听我说话听了很长一段时间，最后还把我送到了涩谷车站。

冷静下来想，我的行动是令人恐惧的，同时也发觉对方的行动是为了保护自己而采取的最好的方法。我虽然跟对方交换了联系方式，但相互再也不会见面了。一个月过去了，夏天结束了。我的日子犹如下半身被埋进了混凝土里一样。我发了一条短信约她，她答应了，我的身体一下子变轻了。

从这之后，两人在一起的时间多了起来。我觉得活着真好，很平凡，尽管有点儿害臊，但我打起了一些精神。因为这人特别开朗。

这人的确非常开朗，衣服穿得很靓丽，但并不俗艳，看上去很美。音乐也喜欢海外的 Hip Hop。我至今为止都没听过 Hip Hop，只是通过熟读杂志学到了一些知识。我觉得这人会高兴，于是就到古着店买了一件特大的 T 恤穿上了。我觉得她会夸我，但她说："真像第一回穿洋装的武士。"还笑着说："老爷爷，别勉强了吧。"

我没工作，也不挣钱，各方面都比别人差得很远，完全是个无能的人，她跟我这么一个男人在一起会是什么心情呢？我说点儿怪话，她会笑，有时还希望我说得更怪一些。我给对方添了麻烦，甚觉失礼，我开始怀疑她是不是有些发疯了。

起先，她说"想去迪士尼乐园"，我说没钱没车票，两人吵了起来。她说"我想喝酒"，我一边说没钱，一边躲到其他地方让别人请我喝酒，醉酒归宅，引发了她对我的反感。

一起去买衣服，她说："这件两人都能用。"于是，按照我的尺寸买了下来。不过，她没穿过这件衣服。她还为我买了过圣诞的衣服，生日那天还给我买了上舞台用的鞋。我给她的东西只是游戏机、玩具手表之类的。我攒了钱买了一个钱包送给她，结果她一直用到很旧很破。手表与钱包跟她的服装都不搭配。我没有身份证明之类的东西，所以借不了钱。

我处于忧郁状态时，她一个人边唱边跳，非常开朗。每天晚上，她送我出去散步，看见我哭着从河边回来，就帮我削鸭梨之类的应季水果。

好几年过去了，我上台表演的次数也多了。虽然挣钱挣得挺少的，但我住在没有洗澡设备的房间里，糊口还是可以的。她穿了一件过去十分流行的漂亮衣服，也不知从何时起，她全身上下只穿从自由市场买来的衣服，总价只有三千日元。我多少年都没带她去迪士尼乐园，有种负罪感，于是约她去一趟，但她谢绝了："在附近散散步就已经很好了。"有时觉得应该吃点儿好吃的，我约她去吃饭，她说："这钱我不能用，自己挣的钱应该自己用。"我给了她钱包，她说"这个真的好喜欢"，并且让我看了几年前给她的钱包，已经用得很破旧了。

她喜欢低调生活，比起以前更喜欢安静的音乐，但在我的面前还是非常开朗的，跟以往一样鼓励着情绪起伏不平的我。她总是释放着黄颜色的光，气场酷似深深的幽林。醒着的时候也像是在梦中。我看她害怕东京，即使在家里，看上去也会因为无法在东京彻底藏身而露出胆怯。

我恰好相反，从澡堂出来后弄个怪发型，一边蹦蹦跳跳，一边出门，完全是一个老爷爷装腔作势，硬要拗出姿态。她身体不适应，病了，不能继续住东京，就把房子的钱支付完毕，回老家去了。休养了一段时间后，又来了一趟东京，还是不行，于是又回去了。

如此蛮横无理、寄生于别人的那些日子为什么能一直过下去呢？我的借口只是年轻。据说会有知恩图报的日子到来，真的不该是这样的。

我跟你说了一句"我走了"，于是就走开了，身轻如燕。然后，去吃烧烤，吃到肚子疼，也不让人。连"吃饱了"这种客套话都懒得说。第二天，钻过寿司店的门帘，坐在柜台前拜托大厨师做寿司。第三天吃的是特制的鳗鱼饭。第四天是法国大餐，光看菜单看不懂，于是就点了菜名叫起来好响亮的菜和酒，这是我的点菜绝活儿。第五天去海边游泳，晚上吃鲑鱼片和茶泡饭，让肠胃休息一下。我说："这才是最奢侈的吧。"你笑着说："你别明知故问！"这时，我说"请等一下"，拿来了Papico，遇到好事共享时，吃这个挺好的，我们各吃一半。回到房间，太宰治的朗读会开始了。这是对你朗读了"不输给风，不输给雨"的回礼。拿上新潮文库本吧。

第六天是迪士尼乐园。你害羞了吧，在意我了吧。我戴上两只大耳朵等你。我们乘坐了又快又高的过山车。第七天，去乘坐富士急Highland的白色过山车。在银座给你买块高级手表，让你笑飞了。我买一副艺人常戴的墨镜，再买一套高端时尚杂志上刊登过的好服装，强迫你穿上。再戴一块巨大的宝石，用这个打人能把对方的牙齿打崩了。就这样，我们去海外。其实，我好几年前就办了护照，所以不用麻烦你就能到Tsutaya借DVD，去纽约、巴黎、米兰和上海。如果到了海外，就吃当地好吃的，吃腻了，就吃自带的排骨。

假如，这些都是我准备的计划的话，她会害羞，也许不会理我。无论如何，如果有一个让人放心的被炉和蜜橘，还有 Quruli 的新曲子，她是会笑的。

寒夜，我用备用的钥匙打开你家的门，硬是把你叫醒，这时你的表情是无防备的、单纯在睡觉的样子。我说："渴了吧，这是水。"于是就把买来的可乐递给你。你闭眼，双手捧着可乐喝。"啊"的一声轻微的叫喊，你的双手开始挠喉咙，然后我们两人都笑了，一直在笑。这就是我在东京的高光时刻。

77

花园神社

三十多岁的时候，很多后辈艺人在居酒屋为我庆祝生日，末班车没了，我们没有钱打车，在花园神社熬了一整夜。

大家为我庆祝生日，虽然挺高兴的，但我不想让人知道我害羞，怎么办呢？也许是喝了酒，不知不觉中跟后辈们讲起了山上遇见天狗时的对策。

我的故事一点儿也不好玩，后辈们使劲儿捧场："那是什么颜色的?"我手指神殿说："就是那种颜色。"十分得意。大家真的很温柔。

78

都立大学车站前的风景

赶去一份工作，已经没多少时间了，我上了出租车就跟司机说："去学艺大学站前。"

出租车在无声中开动了，我不知道开出去的道路是哪一条，于是就问司机："这是一条近路吗?"司机回答"是的"，显得很不耐烦。

出租车继续往前开，风景并不眼熟，车在都立大学车站前停住了。我说："我要去的是学艺大学站前。"司机说："请你早点儿告诉我……"

我说："我中途跟你说过了。"然后告诉他我要到学艺大学站前下车。听罢，司机把计价器放倒，跟我要钱。我说："现在还没有到呀。"司机说："按起步价就行。"

我说："要是让我付起步价的话，请把我二十分钟前坐出租车的时间与场地归还给我，然后把我支付的起步费还给我。"司机大笑："这兄弟的想法很妙嘛。"

我也有点儿高兴，一边说"是吗"一边有点儿羞答答的，最终支付了起步价，走出了出租车。

目的地是哪个方向？电车与出租车哪个快？钱够吗？工作赶得上吗？我在都立大学车站前的人群中，犹如迷路的狗狗一样，束手无策。

79

高尾山药王院

我从小就喜欢天狗。天狗的鼻子和颜色及风貌在妖怪群中最具神通。天狗是否存在并非确定，但人人皆知。我们在想象天狗时，天狗把两只胳膊挽起来，从天上俯视人间众生。一想到天狗，心就发热，热得受不了。

那么，东京的天狗住在哪儿呢？天狗住高尾山。有一回拍外景去高尾山，我高兴得不得了，从家里拿上了自己的天狗面具和一套僧服，我没有上山修行用的僧服。我们在猿山取景，参拜了高尾山药王院，可是，好不容易带来的天狗面具和僧服，却找不到时机用上。我觉得不好意思，甚至连"我带来了一套天狗道具"这句话都没说出口。天狗是完全看不到的，但是从巨大的杉树上，或者从寺院的房顶上，确实有天狗来偷看我的感觉。

下山时坐的是缆车，我终于忍不住了，从袋子里拿出了天狗的面具，罩在了自己的脸上。上山缆车上的人看我都觉得不可思议，以为这是高尾山特别安排的节目，大家都向我招手，其实，这只是一个男人的兴趣爱好而已。当然，我挥手的样子也是模仿天狗的。临下缆车前，我摘下了天狗面具。因为这要让管理人员看见了，一定会觉得我是个怪人，太害臊了。

下了缆车后，告示板上贴了几张照片，有点儿不妙。缆车里面设置了自动摄像机，在里面拍下的照片拿到山下销售，没人意识到自己被拍下来了。在缆车上的照片当中，有一张是天狗一个人坐着的。管理人员看着我咯咯直笑。我害羞得要命，赶紧说："这，这是惩罚游戏。"然后，我像一开始就知道有摄像机拍摄一样，买下了照片。不用说，我的脸跟天狗差不多，一片红。

80

杂司谷的漱石墓

池袋附近有个杂司谷陵园，里面有夏目漱石的墓。我虽然不喜欢听别人讲自己夜里做的梦，但读了漱石的《梦十夜》，甚觉这世上真有做好玩儿的梦的人。

漱石墓的样子像一把大椅子，在墓丛中放出异彩，很特别。

在漱石墓的右后方，可以看见池袋车站前的高楼大厦，看过一些零零散散的墓之后，在视野好的地方仍能映入眼帘的漱石墓，只能说是一座伟大的墓。

81

祖师谷大藏的商店街

"Soshigayaookura"①，也不知为何，我老想说这个。一个能让人心宽的魔法般的语言。在祖师谷大藏的古着店里，看到一双跟我过去穿破了的运动鞋完全一样的鞋正在卖，当时没犹豫，就买下来了。几天后，我偶然在涩谷进了一家店，店员指着我的鞋说："这是我们店的鞋。"店员一跟我说话，我就紧张，我说："这鞋我买了两双。"店员无反应，我有点儿急，继续说："有一样的拿出来看看吧。"店员露出一副可怕的面孔，好像在说："你说什么？"的确，像我这样的外行，说话轻薄，真是不好意思。可是，主动跟我说话的人是你呀。

一去祖师谷大藏，我就会想起一连串的事情，然后一个人嘟囔："祖师谷大藏。"

_____

①"祖师谷大藏"的日语读音。

82

Lumine the Yoshimoto

　　紧靠新宿车站的购物中心 Lumine 2 大厦七楼有一个剧场，一般叫 Lumine。在东京出道的吉本的年轻艺人都以此为目标，争夺登上舞台表演的机会。

　　剧场是二〇〇一年开业的，我头一回登上这个舞台是二十岁的时候。在这之前，我只跟前辈以及同期的艺人在小规模的剧场表演过，小剧场经常有电视上常见的前辈和在大阪活跃的名师表演，在后台都得不到休息，很紧张。

　　我弄不明白自己应该在哪儿，所以老在后台休息厅的角落里盘腿而坐，或者跪坐着，不想多占空间。别人看我一定觉得这是个性格黑暗的家伙，一般都不会跟我打招呼。有时看我正在读书，会有热心的前辈问："你读的是什么书？"可当我一回答"是泉镜花的《高野圣》"时，我们的谈话就会中断了。

著名的 All 阪神·巨人组合到 Lumine 表演的时候，我去休息厅跟他们打招呼，巨人名师使劲儿看我的脸说："你是不是在吸毒？那可绝对不行啊！"当然，我赶紧否定了。巨人名师问我们的组合叫什么？我答："线香花火。"他一边笑，一边说："这算是个什么名字呀？"其实，哪怕全是如此平淡的对话，名师能跟我说话，也让我非常高兴。

剧场的角落里有一个神龛。每回上台前都向神龛双手合十的人是 Penalty 组合的 Waki，他身强力壮，不比职业运动员差多少，胡须比年轻人浓，像个男子汉。我看到他双手合十的真诚，领悟了他对舞台的执着，让我学到了很多东西。不过，还没到半年，我的胡须变得越来越浓，这真是难以置信，至今我还相信这都是 Waki 诅咒我的结果。

艺人的演出结束之后，前辈与后辈总会一起去喝酒吃饭，但从来没人叫我一起去，我还是无表情，性格阴暗。

一直到今天，我还记得前辈请我在 Lumine 吃饭的情景。当时有 Dienoji 的大地，还有 Child Machine 组合的山本吉贵。

我跟往常一样，躲在休息厅的角落里喝可口可乐，这时，山本说："你是怎么喝的呀？别把宝特瓶的瓶口全用嘴包起来好不好？"这是我有生以来第一回被别人指责宝特瓶的喝法不对。其实，我过去就觉得这个喝起来挺难的。我很尊敬 Child Machine，虽然觉得不好意思，但还是很高兴的。山本问了我接下来的安排，然后带我跟 Dienoji 的大地一起去吃饭。我估计他有种尝试与珍奇野兽相处的感觉。

让我吃惊的是大地在去居酒屋之前，先去了高利贷公司。到了居酒屋，大地热情地说："想吃什么就点什么吧。"在我的脑海里，总是浮现大地去高利贷公司的样子，所以挺难点菜的。哪怕是去借钱，也要请客让后辈吃好，这就是艺人。

自从那天之后，山本请我吃了好几回饭，他在去居酒屋之前也总是去高利贷公司。走进高利贷公司的山本的背影，从高利贷公司出来的山本的表情，从高利贷公司走到烧烤店的山本，从高利贷公司出来，递给我打的钱的山本，在一家奇怪的店里跟我说"挑一个你最喜欢的"，然后给我买了淫秽DVD光盘的山本，这些都让我无法忘记他。我对山本说："谢谢!"他不看我，连声说："没事，没事。"

我从几年前就开始常请后辈去吃烧烤，乃至被人怀疑"他是不是同性恋"。我一见到后辈，就请客吃烧烤，深信请客吃烧烤这一行为，近乎一种狂热信仰。我之所以如此，主要是因为那时候遇见了山本。听到后辈说"谢谢"时，我也说"没事，没事"，不看他们。

我有很多关于Lumine的记忆。二〇〇三年宣布解散"线香花火"也是在Lumine的舞台上。那是一场笑料对战式的表演，最后一个对手是穷艺人绫部祐二。

过了一个月，大约是十月，我跟绫部组成了新组合Peace，我们站在了Lumine新艺人举办的一分钟笑料的舞台上。这是Peace组合首次登上舞台。世界很小，很多跟我们差不多艺龄的艺人对此都高度关注，舞台周围云集了很多人。可是，我们没能回应大家的期待，笑料非常平庸。

后来，我们上舞台时，总有不少艺人会集中到周围，但我们每次的笑料很糟糕，周围的人都散了，于是，再也没有谁来关注我们了。花了两年的时间，我们的笑料才终于被人接受。

我们在 Lumine 的舞台上站了十年，有很多演出令人难忘。演出的最后，全体艺人上台，每人按顺序从一个盒子里拿出票根，上面写着坐席号码，然后赠送给观众一张免费票。艺人从盒子里拿出票根时是要大声念出来的，同时还要搞笑。有的艺人一拿就拿一大把，有的不拿，有的见了盒子就害怕，表现各式各样。有一天，我是最后把手伸进盒子里的，大家搞笑搞得差不多了，我一边想该说什么好呢，一边使劲看票根上的号码，念出来的话是这样的："那个……中选的人是一直支持我们的音响师。"

这时，原本并不影响说话的背景音乐突然变大了，音响师的即兴表演表达了心中的喜悦。观众们对音响师敏捷的反应以及敬业精神所打动，全场沸腾。

我说："对不起，刚才我念错了。"接着又说："让我重新念一下，那个……是一直支持我们的灯光师。"

这时，灯光一瞬间变暗了，可接下来的瞬间却是红灯打到了舞台上，明暗交织鲜明无比。当然，这是灯光师的即兴表演，全场再度沸腾。对我来说，这是难忘的一场演出。

剧场并不是艺人的，而是靠舞台导演、音响师、灯光师、道具师、制作班等众人的支持才能成立。最重要的是，只有观众进了剧场，舞台的大幕才能拉开。

83

天空树

　　天空树。无论从何处看你，都能看见你，这该多害羞呀！要是出现巨大的怪兽，你是第一个被攻击的。下雨的时候，你还好，有情趣，可是一到晴天，你太清洁了，抬头仰望你的我都觉得害羞。

　　看见你，我好像迷了路，可正因为你巨大无比，变成了人们约会的地点，你大得像一位悲哀的男人一样。那也好，你不用像我一样到处躲藏。

84

六本木大道的十字路口

这个时间是要迟到的,很惊险,我抢先上了出租车。从旁人看来这也许是很平凡的,说不定跟其他乘客相比,我反倒是慢条斯理的那种人。这期间让人看到焦头烂额的样子真不好,我真是个凡事想太多的人。说点别的,学生时代参加马拉松比赛,我跟别人错过时,故意屏住呼吸,装成一点儿也不累的样子。结果,恰恰是因为呼吸困难,栽倒在地,鼻孔变大,在众人面前丑态百出。

我告诉出租车司机"去台场,拜托了",司机静静地点了点头。很容易推测出他是一位沉默寡言的员工。出租车从涩谷到六本木,开到青山附近的十字路口时遇上了红灯，前面排成了很长的车队，哪怕是绿灯了，这车也开不起来吧。这下可糟了。这是不好的意义上的糟糕。路上一旦遇到塞车，我从下半身就感到有股凉气往胸上升起，焦虑不堪。这么下去非迟到不可，我也许会被解雇。

这时，司机很冷静，低声问："着急吗?"我的心就像地狱里挂满了蜘蛛网一样，同时也像地牢里刮起了一道柔软的春风。我应答道："其实，很着急。"司机没说话，当即打开了往右的方向指示灯，他要走小路，这是连外行都知道的。交给他应该能赶上。出租车向右拐了，行车从容。可是，往右拐了之后，前面又是车队在排着，司机不着急，就像一开始就洞察一切一样，方向盘往左打，进入了更小的路。

车开到底之后再往左，路又畅通了，到了大马路时再往左拐，一套驾驶动作很熟练，车掉头了。我抬头往前看，这时才发现这里就是刚才司机问我"着急吗"的路口，太可怕了。这几分钟的行车究竟有什么意义? 为什么司机还能渲染出一副达人的风貌? 司机无语，握紧方向盘，凝视前方。我两手搭在前座上，同样无语，同样凝视前方。这里难道是魔界的入口处吗?

85

麻布地下的空间

与别人相处是否能做到"自来熟",在某种程度上是需要才能与天赋的。我这个人的才能和天赋都不够,因此无法做到"自来熟"。与人打交道虽然可怕,但表示自己不与人打交道反而更令人恐惧。

"自来熟"这个词有很多模糊的含义。我觉得这世上的每个人都包含了"自来熟"的成分,很少有人不论你我,瞬间之内就能与人建立关系吧。很多人是没有勇气贯彻"自来熟"的。在我看来,这很难,能做到"自来熟"的人让人羡慕。作为一个孤高的人,无论多么痛苦,始终保持既有的品格恰恰是活下去的精神食粮。真正意义上的地狱并不在孤独中，而是在社会中。我以为与人建立关系的前头就是地狱。当然，这并不是说我讨厌人，与之相反的是非常喜欢人。至今为止我喜欢的人都是人，一个也不例外。我的父母和我的兄弟也都是人。所以，我喜欢人。如此客观地写人，自己也许是个妖怪，不过，我对人都是主观的。当然，我也是人。我诚惶诚恐，溜进了社会的漩涡之中，有时就连菩萨也会救我，因此，我从不会绝望。

如果有人问我："跟谁都能谈得来吗？"回答是否定的。这要因人而异，有的人会皱起眉头："你跟'自来熟'的差异在哪儿？"这是因为自己也包含了"自来熟"的成分啊！过去我轻易地觉得自己也是"自来熟"，今后会极力避免这一想法。所谓"自来熟"，是人之所作所为，跟"打哈欠"一样，并非是一个人的一生都要肩负的名词。并没有一个随时都能刚好捞起自我的笊篱，哪怕是再小的网眼，也有可能漏掉，存在就是个烦心事。

比起年轻时的我，现在的我对自己更自觉了，有时也会有一种被别人超越了而不服气的心情，超越的是别人，绝对不可能是自己。一旦意识到周围，就产生了自我逃避的意识。这个意识并不自然，也不是我原本的样子，有时甚至觉得自我意识太强了。这也合情合理，但必须随时能揭自己老底以便自我调整。

我并没有"不对人献媚"的念头，一是没什么好处，二是谁要由此得了便宜也没什么不好，我只是不会而已。有时候，我话说得好，活跃了现场的气氛，很成功，但仍然会有少数人说我："你哪里算'自来熟'。"我被人看出了糊弄的马脚，当然也应该对敷衍了事负责任。不过，在我心里的粗口犹如蛙跳出拳一样："缺乏想象力的猪，给我闭嘴！"

动物会把眼前所见的如实说出来，这是动物的本能。不过，使用"本能"和"动物"这些词还是应该慎重的，"本能"与"动物"都是值得尊重的，而且因其神秘性与无解之处才更具有魅力。

我所说的"猪"，是人类社会中被漫画化并变相表达的知性碎片，对那些一点儿纯粹性都没有残留的人，这是我最朴素的粗口。

有的人借口说自己单纯的想法缘起于无恶意的纯粹性

和缺乏经验，可替别人着想的心思去哪儿了呢？对方究竟为什么采取如此行动，对其想象的能力在哪儿呢？一个放弃"心"与"想象力"的人，无一例外，全是"猪"。

于是，与这样的"猪"对峙时，我自己也放弃了"心"与"想象力"，变成了"猪"。我想不这样都不行。憎恨无感情地喷涌，很意外也很可怕。

我之所以写了这么长，是因为前几天有人请我去了年轻人唱歌跳舞的俱乐部，上演了一场丑态百出的戏。这是我出生以来第一回酒后失去了记忆，我很紧张，很想报答大家请我来的好意，结果却给对方添了麻烦。我想对第一次遇上这种尴尬情况的自己说："表演得还算行吧。"同时也想对丢失的记忆说："太丢脸了，过日子也要与身份相符！"

第二天，我向一起去的人致歉，但大家都说"没问题"，很温馨。只有猪说："你哪里算'自来熟'。"早起，我真想把吐在床边像咖啡一样的呕吐物拿给猪看看。

86

银座的老铺酒吧 Lupin

太宰有一张坐在长椅子上抬着脚说话的照片,这张照片很有名气。自从我知道这是在银座老铺酒吧 Lupin 拍摄之后,一直想去看看。从银座 Miyuki 街走进一条路,在一幢老楼的台阶下面就是 Lupin。一打开门,店内昏暗的照明使空气显得厚重。照片上的风景很快就进入了眼帘。墙上挂了三张大照片,看上去都是在 Lupin 拍摄的。

我一说:"这是太宰治、坂口安吾、织田作之助啊。"店主人就问:"客人是大阪人吧?"我点了点头,店主人说: "大家都知道太宰和坂口,但织田只有大阪人才知道。"

织田作之助跟太宰是同一时期活跃于大阪的作家，可现在即便是住在大阪的人也不太知道织田，我很喜欢他的《赛马》和《青春的异说》。

我第二次在 Lupin 喝酒，一个人去喝有点儿胆怯，硬是叫上了前辈和后辈艺人。据说，坂口安吾喜欢喝 Golden Fizz 加蛋黄的鸡尾酒，太宰治喜欢喝什么也不加的威士忌。

我学太宰治喝了什么也不加的威士忌，大家看我的目光似乎是在问我的感想，于是我轻描淡写地说："这个是太宰。"结果大家说我："你懂什么啊?"

87

蒲田的文学跳蚤市场

　　我想要中村文则的签名。尽管我很讨厌追名人，但还是断不了这个念头。从他的处女作《枪》一直到最新出版的小说，我全读了下来，就像覆盖自己的人生一样。我不知道这是不是正确的读书方法，但个人的确有一种被拯救了的感觉。

　　作为一名读者，我是幸运的，他接受了我斗胆的请求，答应与我对谈，还让我把中村文学的读后感刊登到杂志上。现在，我不仅仅是一名读者，而且还是一个在工作上受到他照顾的人。

　　不过，从一开始我就是一名中村文则的狂热读者，这个狂热至今未变。每回见到他时，我都假装平静，但心里却在狂吼："这可是中村文则呀！"不过，我并没有要他的签名。我觉得这对他可能是个麻烦，虽然我是他真正的粉丝，但又不愿意建立这样的关系。这就像一个单相思的爱人的借口一样，实际上，我真在期盼他的签名。

这个时候，我听说蒲田要举办文学自由市场，而且还有中村文则的签名会。这是个好机会。我的设定是这样的：完全是偶然，我正好路过蒲田，看到这里正在召开文学自由市场，不经意地走上去一看，发现这是中村的签名会，于是上前跟他寒暄。这才是一个完全无需害羞的理由。

我跟朋友共同谋划，一起去了蒲田文学自由市场的会场。会场的占地面积比学校的体育馆大出了好几倍，到处都是卖书的，大家都在销售自己的书，其中有一个展台是卖枡野浩一歌集的，我有点儿紧张，买下了枡野浩一的书。在会场信步浏览的时候，还有很多人白送你书，可当我随手要拿的时候，却告诉我"两百日元"。我跟朋友为了得到中村文则的签名而来到这个文学自由市场，现在却觉得挺好玩的。

签名会的时间快到了，我们移步到即将签名的另一间屋子里。我的印象是每个展台都会有一位作家，可进去一看才发现有名的作家们坐在一张长长的桌子前排成了一排，这里有阿部和重、朝吹真理子、川上未映子，当然还有中村文则。一下子就看到这么多我喜欢的作家，真让我激动得冒汗了。我在这里排队，按顺序请作家们一一签名，这种场合让人既紧张又害臊。

起先想好的"偶然相遇，跟中村寒暄，才知道是签名会"的设定彻底失败了。其实，我并不能跟中村如此简单地寒暄，专门赶到蒲田文学自由市场装作偶然，实在太过分了。不过，也不知为何，我竟然排到队里了，文学自由市场的关系人拿着很大的照相机对我拍来拍去。

我真的不该在这里。其实，我是个自我意识过剩的人，谁也不会关注我。按顺序我得到了签名。太棒了，全是很牛的作家。

中村看见我，有些吃惊的样子，他一边笑一边说："又吉君，你可真显眼啊。"

88

目黑区碑文谷 APIA40

二〇一二年的最后一天，我空出了一大块时间，听说竹原 Pistol 有演出，于是就到碑文谷 Live House 去了。

在竹原 Pistol 表演当中，旁边的一个男人咂嘴："偏在这个时候来……"发牢骚的你啊，迄今为止，超过你人生所得到的全部感动的一刹那，现在的我正处于体验之中，所以请你放心吧。

比这个要紧的是竹原 Pistol 的歌真的很棒，APIA40 确实是一个精彩的空间。我能在这里结束这一年甚觉幸福。

89

青山陵园

　　我想在港区租房子，于是就去看了一下。可是，打开窗户放眼望去，竟然全是墓地。我正往窗外看，跟我一起看房的房产中介走过来说："到了春天，樱花开得很美，风景最棒啊！"不过，首先我要在心里消化墓地这件事。最终我还是住到那里。

　　白天到青山陵园走一走，凉爽的风迎面嗖嗖吹来，心旷神怡，不让人觉得这里是什么墓园。而这里确实有志贺直哉和忠犬八公的墓地。

90

从六本木新城的瞭望台看出去的风景

我在月台上等车，有时突然会发慌，因为一旦掉到铁轨上，那可怎么办呢？特急列车从月台开过去的时候，会有一股被强大的引力拉出去的感觉。有时生怕被人从后面推上一把，那可怎么办噢！我一个人这么想，在没人的月台上往后退缩了一步。

在公园里，看见热恋的男女打羽毛球打得很开心，女方抡起拍子，用力过猛，结果打到自己的膝盖上，我觉得她也许会在半空中打转，脸摔到地面上，鼻血喷出，真是让人于心不忍，不是"也许会出鼻血"，而是"鼻血喷出"，鼻血喷涌的感觉直逼心头，让人不能无视，我赶紧离开了公园。人一旦陷入了这个状态，就什么都看不见了，满脑子全是最糟糕的事，这种感觉很可怕。这时只要看窗台上有一个被晒黑了的旧木偶，就会觉得"这房子里的居民是杀人犯"，似乎不这么想都不行了。

无独有偶，我偏偏看见了刺青商店的广告招牌，觉得杀人犯似乎正在悄悄地逼近我，很可怕。恐怖感猛然袭来。我突然被一群彪悍的男人按住，身上被刺上了擦也擦不掉的刺青。我就这么想一下，体温立刻下降，四肢发抖，全身起了鸡皮疙瘩。

给你两条胳膊上刺下鸭子嘴咧开嘴巴大笑的脸！在你背上刺下陌生大叔的私小说，他的语调和开场白叫人愤怒，号称"这故事不献给谁，只当作今宵的下酒菜（在诗作的沙漠中）"。在你左胸上刺下第三十五届百人一首大会北信越地区预赛的赛程表，然后让参赛的人都来确认对手。你快逃，你快逃！我的脑海里已警钟鸣响，全身感受到了雕刻刀刺心的疼痛。

我被一群彪悍的男人带了回来，硬是被横放在一个台子上。我也不知为何，下定了决心，从胸口到脖子上刺下了龙。刺青师是个不靠谱的快六十岁的男人。我强忍着疼痛，等待时间的流逝。刺青师说："对不起……"我以为他刺完了，一睁开眼，他说："龙刺得有点儿大了，照这个样子再把龙的爪子刺上的话，就会一直刺到你鼻子边上，没事儿吧？"怎么会没事儿啊？我从来没见过这样的家伙。

"不刺在脖子下可不行！你用云什么的遮掩下吧。"

"明白了。鼻子下面感觉像围上一条灰色的围巾，没问题吗？"

"你不能调整下吗？把爪子折了不就行了吗？"

"爪子折了，那龙多可怜呀？这个我做不到！"

真恐怖。他为什么对刺上的一条龙如此体贴？太恐怖了。龙还在完成中，从我的皮肤上飞出，直接缠绕到了刺青师的脖子上。龙叫喊道："给我退下！"我拼命地逃跑，也不知什么时候跑到了六本木。这不是最令人恐怖的那条街吗？我一直逃跑，跑到了这条街的正中间。登上六本木新城的高处，可以俯视东京美丽的夜景，正当我喘口气的时候，他来了。"从这儿能看见的全东京的人都想要你的命。"

我已无处藏身了。

91

车窗外的淡岛大道

我跟节目编剧大塚君两个人坐出租车一起去了下北泽，我跟他说了下次演出小品的点子。"场面虽然惊险，但撒谎时用幼儿语言……"大塚君静静地点头，我继续说，"故事的推进是感人的，其中一点点地夹入幼儿语言……"我一边念小品中男女生的台词，一边加以说明，类似"我说我只希望咱们俩人幸福"、"我不能让你牺牲"这样的话，大家说越来越多的谎话，这时会出现一个流氓团伙围住女生说："居然带了一个这么可爱的女孩呀！""真可爱啊！"然后男生说："住手，想要跟这个女生搭讪，你先来打我吧。"这时，一位大叔登场："你好好说，河童把我的鞋给偷了。"对此我全力做完了说明，出租车司机完全没笑，这让我有点儿在意。大塚君说："挺好的。"啊？可我觉得完全不行。

就在这一瞬间，司机爆笑如雷："哈哈哈！"他的笑不是因为我这个艺人，而是因为大塚君。车窗外是淡岛大道，马上就要到下北泽了。

92

田端的芥川龙之介旧居

我在田端文士村纪念馆看了芥川龙之介的视频，其中有芥川对着摄像机微笑，还有爬树的场面。我对芥川视频的存在感到怪异，没想到他比我想象的还活跃。乃至当我看到芥川爬树时，真想为他喝彩："真棒！芥川！"

离车站不远的地方有一个旧址，我被芥川描写的刹那间的火花深深吸引，那火花放射出来的光辉也许完全存在于那一瞬间。

93

汤岛天神的瓦斯灯

夏天，我哪儿也没去。

我没做一件像夏天里发生的事儿。为了留下经历了夏天的证据，我硬是买了花炮，不过，就连这个也没人跟我一起玩。八月的最后一天，我闲得发慌，去哪儿呢？干什么呢？

我肚子饿了，打算先到上野精养轩吃黑酱牛肉盖饭。这个就是夏目漱石和森鸥外的小说里出现过的那个精养轩，不觉得挺好吗？一想到这里，我的心就飘飘然了，在脑袋上绑好头巾，穿上奇妙花纹的日式功夫套衫，其中绝无"统一感"，完全是无国籍的，我昂首挺胸地走出了家门。当然，这时的我对自己融合印度、日本与中国元素的气场十分满意。

在精养轩，我使用的假名字"早濑"被叫到后，我坐到座位上，点了黑酱牛肉盖饭吃，味道好极了。走到店外，一群负责安保的中年男子用手指着我，两手做出头发蓬松的样子，然后打手势告诉伙伴们"那头巾全给挡住了，这家伙的头发蓬蓬松松"，顿时，我觉得头巾太丢人了。

好不容易来到了上野，我还想去观摩美术，于是就去了东京都美术馆。这里正举办莫瑞泰斯皇家美术展，据说弗美尔的油画作品《戴珍珠耳环的少女》也来到了日本。我要看这幅画。

馆内的人很多。弗美尔有著名的伪作，某位画家为了报复不承认自己价值的美术界，使用了十七世纪的圆规和绘画原料，准备周到，画出了弗美尔生前没有画过的宗教画，谎称自己是从没落贵族那里继承的，然后欺骗资深的鉴定师，蒙混过关，高额卖给了美术馆。

这已经不是什么真品与伪作的区别了，而是这位画家甚至比弗美尔更有激情地画出了这些画，他的复仇是否成功了呢？伪作卖出去的时候，他是否得到了满足呢？他自己的画也画了吗？

事情虽然有不少内幕，但我很想看看那些使用高超技术和被压抑的热情画出的原创作品。我一边这么想着，一边走到挂着《戴珍珠耳环的少女》这幅画的展厅。这里排了很长的蛇形队，牌子上写着"请等二十五分钟"。美术馆的馆员说："虽说正在眼前，排队的人请一边走一边观赏。没有排到的人从队尾排，请慢慢观赏。"

我没排队，照直走，慢慢地观赏了。离我三十厘米的地方，人流不断，我觉得没排队赚到了。《戴珍珠耳环的少女》的脑袋上好像绑了个什么，有一种说法是这是印度和土耳其人常用的头巾。头巾，绑着头巾的我，观赏绑着头巾的少女的画，看上去，我不是头巾的狂热爱好者吗？这样一想，又后悔自己不该绑头巾了。

走出美术馆，我感觉到一种夏日将尽的焦躁。稍稍走了一段，在汤岛天神附近的一个叫"蜜蜂"的甜点店吃了刨冰。这才终于有了夏天的感觉，挺幸福的。

再走出来，已是夕阳西下。好不容易来了一趟，我还打算去参拜一下汤岛天神，大致上决定了方向，沿路走了下去。看到了很像神社的石头墙，于是照直继续走。这时，只见一家印度料理店刚刚拿出招牌，从店里出来了一位绑着头巾的印度男人，他说："Namaste。"这巧合就跟假的一样，我也回应了"Namaste"。

上了汤岛天神神社很陡的台阶，马上就看见了泉镜花《妇系图》出现的瓦斯灯。原来是这个呀？这是瓦斯灯啊？看上去虽然很有品位，但跟一般的灯泡没有太大差别。这时，我突然听到了一个声音："把我扔掉，还是把耻辱扔掉!"吓了我一大跳。这好像是戴头巾的人说的。虽然这也挺烦人，但我不想把头巾和羞耻感扔掉。今天先让我脱下来，暂时告别。一碰到头巾，头巾似乎在说："分开呀分手呀之类的，那是艺伎们说的话……请跟我说去死吧。"尽管这是一条头巾，但竟然如此妖娆动人。

夏天没点的线香花火放在我的书包里了，傍晚的太阳落山了，瓦斯灯照亮了神社境内。我点上了线香花火，火花开始一点点剥落出风景，让黑暗深处的秋色浮现出来。伪作一般的夏日将尽，瓦斯灯星星点点，还在亮着。

94

湾岸影棚的角落

在录音棚的一角，正式录播前的出演者们坐在一排椅子上。黑色的长发配黑绸桃心衣服的美男子站在角落里，独特的风姿抢人眼球。他就是号称"负面模特"的栗原类君。这名字不是他自己取的，而是别人随便这么叫的。我又看了一眼类君，可他已经从刚才的地方突然消失了。接下来的瞬间，我感到背后有动静，回头一看，类君站在那里。他凑到我跟前，轻声说："又吉先生，如果可以的话，让我给你揉揉肩膀吧。"他这一句出乎意料的话，惊得我差点儿笑喷了。

还有一天，电视节目《也好增刊号》在湾岸摄影棚举行了演出后的宴会，我跟类君在角落里一碰面说话，大家就笑："彼此酷似的人正在说话。"这时，类君在我的耳边嘟囔："我们好像被别人误解成了性格灰暗的人了。"类君跟我这样说，却让我高兴，因为他是这样地纯真、可爱、有个性，非常好玩。

我去看了类君的舞台表演，尽管不太懂舞台剧，但即使是外行看，也能感受到一股强大的魅力。也许可称之为"怪演"吧。他扮演的角色离日常生活很远，是个很难表演的角色，完全是另一种人格，光看形象会觉得恐怖。他的身体柔软，动作幅度大，表情细腻，很震人。

离开时，我跟他打招呼，他说："感谢你百忙之中光临，回去时请慢走哦。"这跟我第一次见他时一模一样，很懂礼貌。这也是我需要学习的地方。

95

新宿五丁目的文坛酒吧"风花"

二〇一二年的春天，听说古井由吉先生为了纪念自选集的出版即将举办一个朗读会，古井先生是我最尊敬的作家。得到了这个消息，我一时坐立不安，第一次去了新宿五丁目的文坛酒吧"风花"。店并不大，但其中浓缩了整整一个时代。

我按入场券的座位号码坐在吧台的前面。随着开演时间的到来，客人多起来了，每人穿的衣服上都沾满了春天的气息，店内充满了芳香。

朝吹真理子以妖艳而透亮的声音揭开了朗读会的序幕，语言犹如液体一样汩汩流出。岛田雅彦的声音粗放低沉，让故事的影像浮现于脑海之中。我没想到由作家本人朗读自己的文章会这么有意思。

接下来，古井先生登场了，他坐在我的正前方，一看到我就打招呼："又吉来了。"这意外的一句让我吃了一惊。过去我跟古井先生在杂志上笔谈过，还去纪伊国屋书店看过先生的脱口秀，到休息室我还跟先生见面打过招呼，算是相互认识的。不过，这回是同一舞台，在经常光顾的酒吧里偶然相遇，先生跟我打招呼的确让我吃了一惊。

在舞台上的艺人与观众之间，有一块无法形容的隔音带。上台的人身上披着一件透明的法衣，其中的力量可以让他站立在与日常隔离很远的舞台上。这是一股灵力，能让他不再恐惧观众的目光，而且还能在观众面前发声。

然而，古井先生并没有披那件肉眼看不见的法衣，完全是赤裸裸地站在了舞台上。这是一种把日常生活嵌入舞台与观众之间的特异功能。无论是日常，还是舞台，这让我知道古井先生是一位很容易超越隔绝的人。

古井先生的声音通过麦克风传了出来，他寒暄道：

"我还活着。"坐在第一排的我一下子笑出了声。

我想起曾经跟他笑谈的一件事。具体时间已记不清了，说到过去作家死亡的年龄时，他以别人的视角，把自己也加入其中，发问说："古井是什么时候死的?"

古井先生的朗读有一种独特的温情，听上去似乎有回声在飘荡。声浪并不是在紧闭的公寓楼里，而是在通风很好的日式房间内，听众听起来很安宁、舒畅。当然，古井先生的文章越听，越觉得这是古井先生独有的风格。我这是第一次遇到"风花"，虽然有点儿紧张，却获得了很愉快的体验。

我忘不了古井先生说的那句"我还活着"。我在旧书店买的第一本书是《杳子·妻隐》的文库本，读后对这本小说惊叹不已，不加深思就贸然认为作者一定是过去的作家，二十多岁的我还想过他究竟跟哪位作家同一时代呢!"我还活着!"这句话竟然对我这样的人也产生了共鸣。等到哪一天，我在舞台上也想深情地说出这句话："我还活着!"或者，"前几天，我复活了!"

96

从首都高速上看出去的风景

车在首都高速公路上飞驰。到了天现寺入口处的上坡，车体倾斜，重量加到了后座上。人一旦从重力中解放出来，视野就会打开。车提速了，冲着台场开去，左边可以看见东京塔。开过一桥，看到彩虹桥时有一种爽快的感觉。不过，我没有驾驶执照，不能自驾，只能坐在后座上东张西望地观赏。

无论是好日子，还是坏日子，回家的时候都要开过首都高速公路。东京塔被夜晚的聚光灯照亮，非常柔美，但我还是坐在后座上。

97

梅丘 Rinky Dink Studio 的密室

我有过一个机会与摇滚乐队的人对谈，这个乐队我从青春期时就老去看他们的演出而且为之痴迷。

我从十几岁的时候一直到今天，曾经多次被音乐与文学挽救过。不过，不是因为想被挽救而去接触，反倒是因为开心，自己主动去接触，结果发现远比我的期待要强大得多，引发了自我爆炸性的震撼，这才意外地使沉沦的内心获得拯救。这个过程一再重复。

所以，如果见到了对方，必须先行道谢，可我还是老样子，心里有些发慌，手忙脚乱，别说道谢了，甚至还给对方添了麻烦。我心中的常识训斥我说："你是个粉丝，好不容易得到了一个对谈的机会，为什么沉默不语，反倒让对方问你呢？你是个中学生吗？"我虽然很紧张，但与对方交谈很高兴，他们的声音很好听，令人神往。

酒会真好，酒喝多了，心也变大了，大到不想回家的时候，对谈也就结束了。他们会邀请我："去黄金街吗？"

从那之后的时间真的很愉快，不可思议。深更半夜的时候，乐队的人说："又吉君，话越说越像拿了 Gibson 的 Les Paul 的人。"我只顾听音乐，完全不在意他们说什么事，估计他们是在说电吉他吧。于是，我告诉他们我从来就没碰过乐器。"这是 Gibson 的 Les Paul，多般配啊。"

我说："能弹吉他该多牛啊，我是很憧憬的。"对方说："你弹就行啊，对一个多愁善感的人来说，听电吉他的乐声是重要的。"

"Gibson 的 Les Paul 要花二十二万五千日元。跟扩音器接的线也要花五百日元。"

"还是挺贵的。"

"不过，又吉君就是 Gibson 的 Les Paul，值二十二万五千日元。"听了对方这么说，也不知为何，我很高兴。

"明白了。明天我去买。"

"嗯。你自己要跟录音棚打电话预约，会吗？"

"我会。"

"嗯。接上扩音器，跟线没关系，直接弹出爆音，呀……"

"嗨!"

"你听一下那个声音就行……很棒!"

我又问了一下对方用的是不是 Gibson 的 Les Paul，对方说："不是，我用的是 Telecaster，三万六千日元。"

归途中，我们一起去了花园神社。

第二天，我去购买了 Gibson 的 Les Paul。Les Paul 的样子太棒了，让我都觉得不好意思。然后，我要找个绝对见不到熟人的地方练练手，这就打电话跟梅丘的录音棚预约了一下，一个人去了。虽然我特别紧张，仍然摆出一副架子。明明是第一次去，但在接待处做出一副老手的样子，并表示"平时我是在别的录音棚练习的"。推开隔音用的厚厚的黑铁门时，我并不知道这个门把应该往下拉，还是平着拉，我的手一直在摸索着，但表情是爽利的，

"作为一种仪式，我总是故意嘎叽嘎叽地弄下门把后再进去"。我假装不愉快地拉开门，故意在双重门之间看一下短信。这是为了不让别人看出我的焦急，故意花时间给别人看自己是一副无所谓的样子。这是个人自我意识过度的表现，殊不知作为一个人来说，是最糟糕的行为。

我进了密封的空间，一下子加快了行动，把 Les Paul 跟扩音器直接连上，调整了扩音器的音量。满屋子响彻了金属高音。我不管，用拨片使劲弹琴弦。"叽叽叽，咦！……"爆音几乎要把耳膜震破了。真棒……真棒……真棒！

叽叽叽，咦！叽叽叽，咦！叽叽叽，咦！

这个音也不知道让我反复弹了多少回。这跟我上中学时大扫除一样，只管用笤帚扫地，根本不懂吉他 Code，用指头按住弦，弹了好多回，每一回电吉他都不会背叛我，按照我的拨动发出爆音。密封的录音棚看上去都有些倾斜了。

叽叽叽，咦！叽叽叽，咦！叽叽叽，咦！啊……啊……哦……

我拼命地叫了起来。电吉他太牛了。全给我扔掉，把无用的自我意识全扔掉，即便是很土，土得掉了渣都没关系。这是最高兴的夜晚！

叽叽叽，咦！叽叽叽，咦！哦……

吼完了以后，我到接待处结账。你很难想象出，我这时神清气爽的表情与刚才忘形的兴奋完全不一样了。这时我客观地发现了自己，我是一个烦人的家伙，自我意识在我心中死不泯灭。

98

品川 Stellar Ball

后辈艺人让我帮他想一个新的组合名，我跟他的关系挺好，于是就答应了下来。其实，给人起名字不是一件容易的事。我约了后辈，两个人一起行动了好几天。名字起得要让本人满意，必须要了解本人。在时间上我很充裕，也想跟后辈一起玩儿。

作为前辈，让我说一下不着边儿的话，我的实感是我"被人羡慕了"，我说的话他频频点头称是，而且还频繁地跟我一再商量有深度的问题。不过，反过来看，别人对我的期待也是太多了。我原本不是一个善于给人起名字的人，我也没有这个本事。所以不得不认真思考，期待有那么一瞬间合适的词语会从天而降。就这样我们一起玩了两天的样子，这个瞬间果然来临了。

我说："名字起好了。"后辈两眼冒光："是什么？"

我故意空出了一段时间，制造气氛，然后说："Wolf。"

后辈当即回答道："不好。"

这下子，我困惑了，难道还有被拒绝的吗？你不是全权委托给了我吗？我之前就认真地思考，而且还是拼命想出来的。

作为大前提，我没想起灰暗的名字。我十几岁的时候给自己的组合起的名字是"线香花火"，很多人都批评我这个名字"灰暗""不吉利"。我查了字典上"线香花火"的意思是："比喻一时很有气势，但随时又会消失。"这对艺人来说，是最可怕的词语了。果然，这真是发自语言的厄运，实际上"线香花火"经过了很短的活动期之后就解散了。所以，我给后辈起名字时就想起个吉利的。

经过了十天的思索，词语终于从天而降，真的是值得庆贺的名字。但是，这又怎么样呢。审查严格的后辈能接受吗？我拿定了主意说："名字起好了。"说罢，后辈做出了一副"是什么"的表情。我们已经过于习惯一起玩儿，至于为什么一起玩了起来，似乎已经忘了。

我说："组合名……"后辈一边做出"是这样"的表情，一边问我："是什么？"我有些紧张地说："寿Fanfare。"结果，后辈说："啊，这个真行！"得到了好评。

我就像参加了一场海选被选上一样，很高兴，也放心了。后辈说："我跟搭档商量的时候就想把'寿'这个字放进去。"天下还有这么奇迹般的巧合吗？他跟搭档说了"寿Fanfare"之后，对方的反应一模一样。

他们的演出主要在舞台上。对我来说，他们虽然是竞争对手，但电视上看到他们出彩的笑料节目时，我也很兴奋。像我这样的艺人不会批评人，他们总会让我开怀大笑。

寿Fanfare的组合名已经用了好几年，有一天的夜里，我被他们叫了过去，告诉我这个组合要解散了。据说中途也有过犹豫，犹如一个人决定是否结婚离婚时总是经过苦苦思索后才能得出结论一样。

解散是他们自己的意志，我不能阻止，只能跟他们说让我们一起上最后的舞台吧。这如果是太宰治的话，估计会骂我："这个行为比电车上不给人让座还不要脸。"我被骂没关系，原本不是我有什么好心，而是我的任性。大家总是用一句"卖不出去的艺人"来概括解散的组合，这也许是实情，但这并不意味着正确。培育出伟人的母亲很了不起，除她之外的母亲也许仅仅就是母亲而已。不过，对每个人来说，母亲都是最棒的，与此相同，卖不出去的年轻艺人对某些人来说也是最棒的。这样的表述有点儿绕弯子了，但我确实非常喜欢他们的幽默，而且相信会有很多人会理解这种风格。

二○一一年一月在品川 Stellar Ball 举行了《再见，绝景杂技团》小品表演大会。寿 Fanfare 的小品非常精彩，逗得全场观众爆笑如雷。我为他们骄傲，我想说："你们看看，你们看看！"也不知道这是对谁说，我焦躁的心情变得十分复杂。

演出到了最后，我说："以前就不会跳 *Linda Linda*……"他们说："又吉先生努力在做他喜欢做的事情，但也有一个毛病，就是逃避不喜欢做的事情。又吉先生一直能坚持笑下去，这个令人羡慕，今后希望他全力以赴。"这是一句很重很有杀伤力的话。随后，他们两人想让寿 Fanfare 的声音响彻全场，大声喊出了"啪!"。一种莫名其妙的热情感染着人们。

谢幕前的舞台，爆音播放出了 *Linda Linda*，我跟着节拍比谁跳得都高，比谁都跳得热烈。这是想跳给十八岁的自己看看。

过后不久，后辈告诉我他结婚了，并生下一对双胞胎。这正是寿 Fanfare。我问他给孩子起了什么名字，他说一个叫"寿"，还有一个叫"奏"。

99

过去的笔记

辛苦得要死的夜晚，一直等到下一个快乐的时段，我相信这就是一个前奏。心焦口渴的人会觉得白开水很好喝，忙忙碌碌的人会觉得休息日分外让人高兴。受苦的人生哪怕只有一刹那的间隙，也会感受到比谁都重的幸福。这个瞬间也许是明天，也许在临终之前。为了这瞬间的到来，我们要活着、活着！千万不能被不明不白的怪物扼杀。相反，要在街角埋伏下来，对着追上来的怪物"叭！"的一声吓唬它，然后绕到怪物的身后，挠它的胳肢窝，一下一下的，让它觉得痒得受不了。

100

我的木房子

最近，租了一间没有洗澡间的房子。

隐隐约约地听见隔壁人家的叹息，点燃了煤气炉直到房间暖和起来，我不停地在老木头柱子上钉钉子。

墙上是田中象雨的书法《咆哮》。

或者是平子雄一的画 *Voice*。

卫生间有一句堀本裕树的诗："通往登上螺旋楼梯的寒夜。"

我带来的书有太宰治、古井由吉、町田康、中村文则、Sekishiro、西加奈子……还有数不清的音乐……

愉快的东京夜开始了！

译后记

　　二〇一七年《火花》中文版发行时，我曾邀请又吉直树访问上海。那是他第一回到中国，当时他对我说："如果给上海写一封情书的话，我也许会写得像东京。"接下来，我们的话题就是他的散文集《东京百景》。作为译者，能与作者零距离接触应该是有某种机缘的，其中虽然并不刻意，却随处可见对方的所知所感。这本书，可以让我们了解一个日本艺人眼中的东京，同时也是一个妙笔生辉的东京。希望大家喜欢，共同进步。

毛丹青

二〇一九年七月

图书在版编目（CIP）数据

东京百景／（日）又吉直树著；毛丹青译.
—上海：上海译文出版社，2020.2
ISBN 978－7－5327－8292－5

Ⅰ.①东…　Ⅱ.①又…②毛…　Ⅲ.①随笔-作品集-日本-
现代　Ⅳ.①I313.65

中国版本图书馆 CIP 数据核字（2019）第 259578 号

图字：09－2018－886 号

东京百景	［日］又吉直树　著	出版统筹　赵武平
東京百景	毛丹青　译	责任编辑　李欣祯
		装帧设计　山川制本 workshop

上海译文出版社有限公司出版、发行
网址：www.yiwen.com.cn
200001　上海福建中路 193 号
杭州宏雅印刷有限公司印刷

开本 787×1092　1/32　印张 9　插页 5　字数 76,000
2020 年 2 月第 1 版　2020 年 2 月第 1 次印刷

ISBN 978－7－5327－8292－5/I · 5085
定价：58.00 元